KB231331

산호림 / 창변

저자

노천명(盧天命, Roh Cheon-Myung, 1911~1957) _ 1911년 황해도 장연군에서 태어난 노천명은 본래 이름이 기선(基善)이었으나 1917년 심한 홍역 끝에 살아나자 하늘이 주신 명이라고 하여 이름을 천명(天命)으로 개명하였다. 1919년 가족들과 서울로 이사, 진명여자고등보통학교를 거쳐 1930년 이화여전(梨花女專) 영문과에 입학하였다. 이 시기, 「밤의 찬미」, 「포구의 밤」 등을 발표하면서 본격적인 시작 활동을 시작한 노천명은 1937년에 첫 시집 『산호림』(한성도서)을 출판하여 여류시인으로 문단의 주목을 받았다. 1942년 조선문인협회에 참여하면서 친일시를 썼고, 해방 전인 1945년 2월에 두 번째 시집인 『창변』(매일신보사 출판부)을 출판하였다. 1953년에 세 번째 시집 『별을 처다보며』(희망출판사)를 출판하며 시작 활동을 지속하였으나, 1957년 재생 불능성 뇌빈혈로 사망했다. 노천명 사후 1년 뒤에 모윤숙, 김광섭 등의 지인들에 의해 유고 시집인 『사슴의 노래』(한림사)가 출판되었다. 노천명의 시는 여류시인의 감수성을 현대적으로 담아내면서 삶에 대한 응시와 성찰을 표현하고 있다.

편저자

배선애(裵善愛, Bae Seon-Ae) _ 1969년 경남 함안에서 출생, 2003년에 성균관대학교에서 문학박사학위를 받았고 지금은 성균관대 학부대학 겸임교수로 재직 중이다. 현재 『한국극예술연구』의 편집위원이며, 월간 『객석』과 계간 『공연과 이론』, 『한국희곡』 등의 필자로 연극평론가 활동을 지속하고 있으며, 민족문학사연구소, 한국극예술학회, 반교어문학회 등에서 한국 극예술과 근대 공연문화에 대한 연구를 지속하고 있다.

산호림/창변

초판 인쇄 2014년 11월 10일 **초판 발행** 2014년 11월 20일

지은이 노천명 **엮은이** 배선애 **펴낸이** 박성모 **펴낸곳** 소명출판 **출판등록** 제13-522호

주소 서울시 서초구 서초중앙로6길 15(서초동 1621-18 란빌딩 2층)

전화 02-585-7840 **팩스** 02-585-7848 **전자우편** somyong@korea.com **홈페이지** www.somyong.co.kr

값 12,000원   ⓒ 배선애, 2014

ISBN 979-11-85877-79-2 04810
ISBN 979-11-85877-77-8(세트)

이 저서는 2005년 정부의 재원으로 한국연구재단의 지원을 받아 수행된 연구임(AS005).

민족문학사연구소 정본총서 04

산호림 / 창변
珊瑚林　　窓邊

원본비평연구

노천명 저
배선애 편

소명출판

‘사상누각(沙上樓閣)’이란 말이 있다. 이는 모래 위에 집을 짓는 일이 얼마나 위험한가를 알려주는 경구(警句)다. 달리 말해서 기초가 부실하면 제 아무리 뛰어난 연구라도 아무 소용이 없는 일이 될 수 있다는 것이다. 문학 연구에서 원전비평이 필요한 이유도 이와 같다고 하겠다.

이같은 취지에서 출발하여 오랜 연구과정을 거쳐 펴내는 이 총서는 인하대학교 한국학연구소와 민족문학사학회(민족문학사연구소)가 컨소시엄을 구성하여 2005년 한국학술진흥재단(현 한국연구재단)에서 시행한 기초학문육성 인문사회분야 지원 사업에서 2005년 9월부터 2008년 8월까지 3년간 중형과제로 선정되어 수행한 연구결과물이다. 그 사업의 연구과제명은 ‘식민지 시대 주요 한국문학 작품의 정본화를 위한 기초자료 조사 및 원본비평 연구’로서, 시 분야에서는 시집을 중심으로 만해 한용운부터 노천명까지 10여 명의 시인들을, 소설 분야에서는 장편소설을 중심으로 하되 염상섭의 『삼대』부터 김동리의 단편소설까지 역시 10여 명의 소설가들을 연구대상으로 삼았다.

이 연구의 과정은 주어진 연구기간 동안 큰 문제점 없이 진행되

어 그 결과보고서를 지정된 기한 내에 한국학술진흥재단에 제출함
으로써 순조롭게 마무리되었다. 그러나 연구결과물을 자료집(저서)
의 형태로 출간하는 데는 예상치 못한 난관들로 인해 부득이 늦어
지게 되어 아쉬움이 없지 않다. 게다가 정지용과 같은 몇몇 중요한
문인들의 작품들이 함께 출간되지 못한 것도 유감스러운 일이다.
다 좋은 결과가 이루어지기를 바라는 마음에서 비롯된 것이니, 이
제 와서 누구를 탓할 수도 없다. 아무튼 뒤늦게나마 그 결과를 이
렇게 묶어내게 되어 한편으론 매우 다행스럽다.

이 총서의 결과는 여기에 참여한 모든 연구자들이 공동으로 져야
할 몫이지만, 그래도 누구보다 가장 큰 책임은 개별 과제를 떠맡았
던 연구자 각 개인에게 있다고 할 것이다. 아울러 이 연구물들이 향
후 한국문학 연구의 진정한 디딤돌이 되기를 바라마지 않는다.

　예전 어느 예능프로그램에서 "모가지가 길어서 슬픈 짐승은 어떤 동물입니까?"라는 퀴즈 문제가 나왔고, 패널로 참여한 한 여자가수가 정답을 외치며 "기린!"이라고 답하는 바람에 세간에 웃음거리가 된 적이 있다. 이 장면은 여자가수가 시에 대한 지식이 거의 없다는 것을 보여주지만 다른 한편으론 "모가지가 길어서 슬픈 짐승이여"로 시작하는 노천명의 시 「사슴」이 우리나라 국민들에게는 상식이 될 만큼 유명하다는 것을 반증하는 것이다.

　이런 유명세를 떠올리며 노천명의 첫 시집인 『산호림』과 해방 전 출판된 두 번째 시집 『창변』에 대한 정본 작업은 더욱더 신중하게 진행하였다. 자비로 시집을 출판할 정도로 시에 대한 애정이 컸던 노천명이 시를 선별해서 단행본을 묶어내고 첫 발표와는 다르게 개작하는 과정을 추적하는 일은 근본적으로 노천명이라는 인간에 대한 탐구였다. 문학의 재능을 한 가득 품고 있는 조그맣고 허약한 여인. 식민지 시기 문단에서 '여류'라는 명칭을 규범화한 그녀의 역할은 차치하더라도 시 한 편, 한 편에 배어있는 문학에 대한 열정과 여성적 감수성은 문학 소녀의 투명한 민낯을 보는 듯 했다.

　『산호림』에 실린 시편들은 판본을 거듭하면서 여러 변화를 보

였다. 「강냉이」와 「봄」은 각각 「옥서촉」과 「소녀」가 첫 시집에 발
표된 제목이었는데, 시인이 직접 선별한 첫 번째이자 생애 최후의
선집(『현대시인전집』 2, 동지사, 1949)에서는 「강냉이」와 「봄」으로 바
뀌어 있었다. 그리고 「가을날」처럼 제목과 연, 행이 달라져서 얼핏
다른 작품으로 보이는 시편도 있었다. 이것은 정본 작업상 원전 판
정의 어려움을 야기하는 곤란한 사항이지만, 한편으로는 출판할
때마다 수정과 개작에 많은 시간을 들여 나름의 완성도를 높이려
고 한 노천명의 성실함을 엿볼 수 있는 부분이었다.

노천명의 두 번째 시집인 『창변』은 해방 직전인 1945년 2월에
출판되었다. 매일신보사에서 기자 생활을 할 때 출판한 시집이기
때문에 「흰 비둘기를 날려라」, 「진혼가」, 「출정하는 동생에게」,
「승리의 날」 등 친일시도 포함되어 있었다. 이 시집 출판 후 얼마
있다 해방이 되었으니 노천명 개인에게는 이 시집 자체가 아픈 자
식이었을 것이다. 해방 후 출판된 모든 시집에는 친일시가 빠져 있
기 때문에 『창변』의 정본 작업에서도 이 시들은 제외하였다. 노천
명 스스로에게 떳떳하지 못한 시집이었던지 『창변』은 『산호림』처
럼 단독으로 출판된 적 없이 시 선집과 전집 속에 포함되어 수록되
거나 몇 편을 선별하여 재수록된 것이 전부였다. 이에 노천명의 이
름으로 출판된 모든 선집과 전집에서 『창변』에 게재된 시들을 찾
아 정본 작업을 진행하였는데, 제목이 달라지는 몇 편의 시를 제외
하고는 큰 변화를 찾아볼 수 없었다. 이 시집에서 가장 널리 알려
진 「남사당」의 경우도 몇 개의 시어가 분명해진 것 외에는 큰 차이

가 없었다.

　삭제된 친일시를 제외한 『창변』의 시들은 토속적이며 매우 여성적이다. 나물의 재료가 되는 식물의 이름들이 나열되기도 하고 많은 꽃과 나무의 이름들이 시행을 채우고 있다. 춘향이 입을 빌어 오기도 하고 아이 잃은 어미의 아픔을 그려내기도 한다. 친일시와 여성적 감수성의 간극은 일제 말기 문인들이 처한 상황을 아프게 보여주고 있는 듯하다. 독자들은 정본 작업의 결과물인 『정본 창변』을 통해, 친일과 좌익, 부역의 이름들을 오가던 문인으로서의 노천명보다는 그 행보 속에서도 견지하려 했던 시인의 감수성과 정서를 읽어내었으면 하는 바람이다.

　각 판본에 따른 변화들을 마침표 하나까지 추적해나간 정본 작업의 결과물들을 독자들에게 모두 공개할 수 없는 것은 매우 안타까운 일이다. 정본 작업의 과정과 결과물은 노천명의 시에서 나타나는 개작 양상과 변화의 추이가 곧 창작 태도와 연결되어 있다는 것을 발견할 수 있는 근거이기도 하며, 세간에 널리 알려진 시가 출판사의 이해관계에 따라 얼마나 부주의하고 무책임하게 오류를 반복하고 재생산하는 지를 확인할 수 있기 때문이다. 꼭 설명이 필요한 사항과 중요한 변화들은 각주로 설명하였고, 시집 말미에 해제로 적어두었으니 참고하였으면 한다. 시인 노천명과 그녀의 시에 대한 세밀한 탐구 결과인 『원본비평연구 산호림 / 창변』을 통해 사슴이 왜 모가지가 길어 슬픈지 그 이유를 독자들 각자가 한 번쯤 생각해볼 수 있기를 바란다.

　　원전 판정의 어려움에 맞닥뜨릴 때마다 분명하고 객관적인 근거를 제시해준 기존 연구자들의 연구결과들, 그리고 다양한 조언을 아끼지 않았던 민족문학사연구소 정본연구팀의 팀원들에게 고마움을 전한다. 노천명은 자비로 『산호림』을 출판했지만, 나는 자비를 들이지 않게 도와준 소명출판과 박성모 사장님께도 감사드린다. 마지막으로, 여린 소녀의 목소리로 누구보다 섬세하고 꼼꼼하게 편집과 교정에 힘을 실어준 편집부 한성옥 선생님과 변덕스럽게 바뀐 편집 체제에 맞춰 새로 편집 작업을 담당해주신 김하얀 선생님께 고마운 말씀을 전한다.

2014년 가을 배선애

산호림

珊瑚林

자화상(自畵像)[1]

다섯 자[2] 한 치 오 푼 키에 두 치가 부족한 불만이 있다. 부얼부얼한[3] 맛은 전혀 잊어버린 얼굴이다. 몹시 차보여서 좀체로 가까이 하기 어려워한다.

그린 듯 숱한 눈썹도 큼직한 눈에는 어울리는 듯도 싶다마는……

전(前) 시대 같으면 환영을 받았을 삼단 같은 머리는 클럼지[4]한 손에 예술품답지 않게 얹혀서 가냘픈 몸에 무게를 준다. 조그마한 거리낌에도 밤잠을 못자고 괴로워하는 성격은 살이 머물지 못하게 학대를 했을 게다.

꼭 다문 입은 괴로움을 내뿜기보다 흔히는 혼자 삼켜버리는 서글픈 버릇이 있다. 세 온스[5]의 '살'만 더 있어도 무척 생색나게 내 얼굴에 쓸 데가 있는 것을 잘 알지만 무디지 못한 성격과는 타협하

---

1 첫 시집인 『산호림』에 발표될 당시에는 행을 잘게 구분하여 전체 1연 25행으로 구성되었으나, 저본인 『현대시인전집』 2부터 이후 판본들에서는 1연 5행으로 구성되어 있어서 여기서도 그 체제를 따른다.
2 『산호림』에서는 "五尺"이었으나, 저본인 『현대시인전집』 2에서는 "대자"로 바뀐다. 여기서 "대자"는 "五尺"의 한글 표기로, 현대 표기법을 따라 "다섯 자"로 확정하였다.
3 부얼부얼 : ① 살이 찌거나 털이 복슬복슬하여 탐스럽고 복스러운 모양. ② '북슬북슬'의 잘못.
4 클럼지(clum · sy) : ① 꼴사나운, 어색한 ② 모양 없는, (변명 · 표현 등이) 서투른, 재치 없는 ③ 다루기 힘든, 쓰기 불편한.
5 온스(ounce) : 야드파운드법에 의한 무게의 단위.

기가 어렵다.

　처신을 하는 데는 산도야지처럼 대담하지 못하고 조그만 유언비어에도 비겁하게 삼간다. 대[竹]처럼 꺾어는 질지언정 구리[銅]처럼 휘어지며 꾸부러지기가 어려운 성품은 가끔 자신을 괴롭힌다.

바다에의 향수(鄕愁)

기억에 잠긴 남빛 바다는 아드윽하고[6]

이를 그리는 정열은 걷잡지 못한 채

낯선 하늘 머언 물 위에서

오늘도 떠가는 구름으로 마음을 달래 보다

지금쯤 바다 저편엔 칠월의 태양이 물위에 빛나고

기인 항해에 지친 배의 육중스런 몸뚱이는

집시의 퇴색한 꿈을 안고 푸른 요 위에 뒹굴며

낯익은 섬들의 기억을 뒤적거리리 ……

푸른 밭을 갈아 흰 이랑을 뒤에 남기며

장엄한 출범은 이 아침에도 있었으리 ……

넘실거리는 파도– 바다의 호흡– 흰 물새–

오늘도 내 마음을 차지하다–

---

6 이 시어를 현대 표기법으로 바꾸면 "아득하고"이지만 시어의 리듬감을 살리기 위해 "아드윽하고"로 한다.

교정(校庭)⁷

흰 양옥이 푸른 나무들 속에
진주처럼 빛나는 오후―
닥터 노엘의 졸리는 강의를 듣기보다
젊은 학생들은
건너편 포플러나무 위로 드높이 날리는
깃발 보기를 더 좋아 했다
향수가 물이랑처럼 꿈틀거린다
퍼덕이는 깃발에 이국정경이 아롱진다
지향 없는 곳을 마음은 더듬었다

낯선 거리에서 금발의 처녀를 만났다
깊숙이 들어간 정열적인 그 눈이
이국소녀를 응시하면
"형제여!"
은근히 뜨거운 손을 내밀리라

7　이 시는 저본으로 삼은 『현대시인전집』 2을 제외하고 모두 4연으로 구성되었는데, 본 정본 작업
에서는 저본에 기초하여 총 3연의 구성을 따랐다.

푸른 포플러나무!

흰 양옥!

붉은 깃발![8]

내 제복과 함께 잊혀 지지 않는 정경이여 ……

---

8 "붉은"은 이후 판본에서 "이국(異國)"으로 바뀐다. 각주로 설명을 첨부한 판본에서는 모두 고인
의 노트에 "異國"으로 정정되어 있다고 하지만, 시인의 생전 최후 선집에서는 "붉은"을 그대로
사용하였기 때문에서 여기서도 "붉은"으로 확정한다. 또한 저본에서는 느낌표가 사라졌는데,
저본을 제외한 나머지 판본에서는 느낌표가 있다. 3연 전체를 놓고 볼 때, 각 행의 마지막에 느낌
표를 사용하여 강조하였기에 이 부분은 저본과 달리 느낌표를 첨부하였다.

슬픈 그림[9]

보랏빛 포도알처럼 떫은 풍경―

애드벌룬에는 '아담과 이브 시대'의 사진예고다

아스파라거스처럼 늘 산뜻한 걸 즐기는 새악시[10]

오얏나무 아래서 차라리 낮잠을 잤다

바느질 대신 아프리카종의 고양이를 데리고 논다

구두를 벗고 파초[11] 잎으로 발을 싸본다

허나 새악시는 문득 무엇이 생각킬 때면

붉은 산호 목걸이도 벗어 던지고

아무도 달랠 수 없이 울어버리는 버릇이 있단다

---

9 이 시는 1938년 1월 『삼천리문학』에 처음 발표되었다. 첫 단행본을 그대로 영인한 『원본 노천명 시집』에는 1938년 4월호에 발표되었다고 적혀있으나, 이것은 명백한 오류이다. 첫 시집인 『산호림』에는 게재되어 있으나 노천명이 직접 제작에 참여한 『현대시인전집』 2에서는 이 시가 빠져있다. 따라서 이 시의 정본 확정을 위해서는 첫 단행본인 『산호림』을 저본으로 삼았다.

10 새악시 : 새색시. 1938년 지면에 처음 발표될 때는 "아가씨"였다.

11 파초(芭蕉) : 파초과의 여러해살이 풀. 높이는 2m 정도이며, 잎은 모여 나고 긴 타원형이다. 여름에 노란색을 띤 흰색의 단성화(單性花)가 피고 열매는 육질의 원기둥 모양이다. 약재로 쓰고 관상용으로 재배한다. 중국이 원산지로 따뜻한 지방에서 자란다.

돌아오는 길

차마 못 봐 돌아서오며 듣는 기차 소리는
한나절 산골의 당나귀 울음보다 더 처량했다

포도(鋪道)[12] 위에 소리 없이 밤안개가 어린다
마음 속엔 고삐 놓은 슬픔이 뒹군다

편-한[13] 길에 걸음이 안 걸려
몸은 땅 속으로 잦아들 것만 같구나

거리의 플라타너스도 눈물겨운 밤
일부러 육조(六曹)[14] 앞 먼 길로 돌았다

길바닥엔 장미꽃이 피었다- 사라졌다- 다시 핀다
해저(海底)의 소리를 누가 들은 적이 있다더냐

---

[12] 포도(鋪道) : 포장된 도로.
[13] 편하다 : 끝이 아득할 정도로 넓다.
[14] 육조(六曹) : 고려 조선 시대에 국무를 처리하던 여섯 관부의 총칭. 여기서는 조선시대 6개 중앙
관청이 있던 광화문 앞의 대로(세종로)를 일컫는다.

국화제(菊花祭)[15]

들녘 경사진 언덕에 네가 없었던들

가을은 얼마나 적적했으랴

아무도 너를 여왕이라 부르지 않건만

봄의 화려한 동산을 사양하고

이름 모를 풀 틈에 섞여

외로운 절기를 홀로 지키는 빈들의 새악시여

갈꽃[16]보다 부드러운 네 마음 사랑스러워

거친 들녘에 함부로 두고 싶지 않았다

한 아름 고이 꺾어 안고 돌아와

책상 위 화병에 너를 옮겨놓고

거기서 맘대로 화창하라 빌었더니

들에 보던 그 생기 나날이 잃어버리고

---

15 이 시는 노천명의 세 번째 시집 『별을 쳐다보며』에 「들국화」라는 제목으로 실렸다. 저본으로 삼은 『현대시인전집』 2 이후 판본에서는 전체 시의 구성을 1연은 8행으로, 2연은 4행으로 구분하였다. 그러나 첫 단행본인 『산호림』에서는 모든 연이 6행의 구성을 취하고 있다. 여기서는 첫 단행본인 『산호림』을 따르기로 한다.

16 갈꽃 : 갈대꽃.

웃음 거둔 네 얼굴은 수그러져
빛나던 모양은 한 잎 두 잎 병들어가는구나
아침마다 병(甁)이 넘게 부어주는 맑은 물도
들녘의 한 방울 이슬만 못하더냐?
너는 끝내 거친 들녘 정든 흙냄새 속에
맘대로 퍼지고 멋대로 자랐어야 할 것을 ……

뉘우침에 떨리는 미련한 손이
시들고 마른 너를 다시 안고
높은 하늘 시원한 언덕 아래
묻어주려 나왔다 들국화야!
저기 너의 푸른 천정이 있다
여기 너의 포근한 갈(蘆)[17] 방석이 있다

---

17 갈 : 갈꽃.

황마차(幌馬車)[18]

기차가 허리띠만한 강에 걸친 다리를 넘는다

여기서부터는 내 땅[19]이 아니란다

아이들의 세간놀음[20]보다 더 싱겁구나

황마차(幌馬車)[21]에 올라 앉아 아가위[22]나 씹자

카추샤의 수건을 쓰고 이렇게 달리고 싶구나

오늘[23]의 공작(公爵)[24]은 따라오질 않아 심심할 게다

나는 여기 말을 모르오

호인(胡人)[25]의 관이 널린 벌판을 마차는 달리오

---

18 이 시는 1938년 1월 『삼천리문학』에 처음 발표되었다. 저본으로 삼은 『현대시인전집』 2에서는
    전체 2연의 구성인데, 처음 발표될 대와 사후 출판된 전집에서는 모두 4연으로 구분하였다. 첫
    단행본인 『산호림』의 경우는 페이지의 구분에 따라 4연으로 혹은 2연으로 볼 수 있는데, 조판의
    여백을 고려해볼 때 2연으로 보는 것이 타당할 듯하다. 노천명 사후 처음 발행된 전집에서는 전
    체 3연의 구성을 취하는데, 여기서는 저본에 따라 2연으로 구분한다.
19 노천명 사후 출판된 판본에서는 "우리 땅"으로 바뀐다. 이렇게 시어를 바꾼 이유를 설명하지 않
    았기 때문에 여기서는 "내 땅"으로 확정한다.
20 세간놀음 : '소꿉놀이'의 방언(평북, 함남).
21 황마차 : 포장마차.
22 아가위 : =산사자. 산사나무의 열매. 둥글고 작은 사과 모양이며, 9~10월에 붉은색으로 익는데
    겉면에는 흰 점들이 있다. 이 시가 처음 발표될 때에는 "唐콩"('강낭콩'의 북한어)이었다.
23 처음 발표될 때는 "卄世紀"(20세기)였다.
24 공작(公爵) : 다섯 등급으로 나눈 귀족의 작위 가운데 첫째 작위. 후작의 위이다.
25 호인(胡人) : 만주인.

넓은 벌판에 놔줘도 마음은 제 생각을 못 놓아

시가[26]도 피울 줄을 모르고

휘파람도 못 불고 ……

낯선 거리[27]

꿈에서도 못 본 낯선 거리엔

이 고장 말을 몰라 열없고[28]

강아지 새끼 하나 낯익은 게 없다

오라는 이도 없었거니

가라는 이가 없어서 섧단다

사람들이 흘러간 낯선 거리엔

네온사인이 밤을 음모(陰謀)하고—

'무랑'의 마담은 잠이 왔다

강아지 새끼 하나 낯익은 게 없다

가라는 이가 없어서 섧단다—

---

27 이 시는 1937년 6월 『조광』에 처음 발표되었다.

28 열없다 : ① 좀 겸연쩍고 부끄럽다. ② 담이 작고 겁이 많다. ③ 성질이 다부지지 못하고 묽다.

강냉이[29]

우물가에서도 그는 말이 적었다
아라사[30] 어디메로 갔다는 소문을 들은 채
올해도 수수밭 깜부기가 패여 버렸다

샛노란 강냉이를 보고 목이 메일 제
울 안의 박꽃도 번잡한 웃음을 삼갔다
수국꽃이 향기롭던 저녁—
처녀는 별처럼 머언 애기를 삼켰더란다

---

29 첫 시집인 『산호림』에는 「玉黍蜀」으로 되어 있는데, 이것은 옥수수의 한자어인 '옥촉서(玉蜀黍)'의 오식이다. 이 제목은 시인이 개입하지 않은 판본에서도 그대로 유지되다가 김삼주가 펴낸 『노천명』(1997)에 이르러서야 '옥촉서'로 바뀐다. 노천명이 적극 개입한 『현대시인전집』 2에서는 제목이 「강냉이」이며, 노천명 사후 전집에도 「강냉이」로 되어 있는데, 여기서는 저본에 따라 시의 제목을 「강냉이」로 확정한다.
30 아라사(俄羅斯) : '러시아'의 음역어.

고독[31]

변변치 못한 화(禍)를 받던 날

어린애처럼 울고 나서

고독을 사랑하는 버릇을 지었습니다

번잡이 이처럼 싱크러울[32] 때

고독은 단 하나의 친구라 할까요

그는 고요한 사색의 호숫가로

나를 달래 데리고 가

내 이지러진 얼굴을 비추어줍니다

고독은 오히려 사랑스러운 것

함부로 친할 수도 없는 것–

아무나 가까이하기도 어려운 것인가 봐요

---

31 이 시는 저본인 『현대시인전집』 2에는 빠져있기 때문에 정본 작업을 위해서 첫 단행본인 『산호
림』을 근거로 하였다.

32 싱크롭다 : '시끄럽다'의 평안도 사투리. 이 단어를 표준어로 바꾸지 않은 것은 시어의 어감과 정
서를 위해서이다.

제석(除夕)[33]

올해도 마지막 가는 밤이어니

가는 나이 붙들고 울어 볼까나

붙들고 매달려도 가겠거늘

가고야 말 것을 ……

이 해 숨넘어가는 밤이기에

한 손에 촛불[34] 들고 또 한 손에

지난해 '삶'[35]의 기록 말아 쥐고

꿈의 제단 앞에 불사르러 나왔소

의지로 날[36] 넣고 정[37]으로 씨[38] 넣어

이 해의 '삶'일랑 곱게곱게 짜려던 것이

---

[33] 이 시는 1934년 2월 『신가정』에 처음 발표되었다. 시의 마지막에 "一九三三·一二·三一"이라는 시의 창작 날짜를 밝혀놓았다. 저본인 『현대시인전집』 2에는 이 시가 빠져있기 때문에 정본 작업은 첫 단행본인 『산호림』을 근거로 하였다.

[34] 처음 발표될 때는 "불"이었다.

[35] 처음 발표될 때는 "생"이었다.

[36] 날 : 천, 돗자리, 짚신 따위를 짤 때 세로로 놓는 실, 노끈, 새끼 따위.

[37] 처음 발표될 때는 "감정"이었다.

[38] 씨 : 천, 돗자리, 짚신 따위를 짤 때에 가로로 놓는 실, 노끈, 새끼 따위.

빛나게도 짜려던 것이

이리도 거칠고 윤도 없구려

사월의 노래

사월이 오면 사월이 오면은 ……
향기로운 라일락이 우거지리
회색빛 우울을 걷어 버리고
가지 않으려나 나의 사람아
저 라일락 아래로– 라일락 아래로

푸른 물 다담뿍[39] 안고 사월이 오면
가냘픈 맥박에도 핏기 더 하리[40]
나의 사람아 눈물을 걷자
청춘의 노래를 사월의 정령(精靈)을–
드높이 기운차게 불러보지 않으려나

앙상한 얼굴의 구름을 벗기고
사월의 태양을 맞기 위해

---

[39] 이 시어를 현대 표기법으로 고치면 "담뿍"이 되지만, 여기서는 시어의 리듬감을 살려 "다담뿍"으로 한다.

[40] 저본인 『현대시인전집』 2에서만 "핏기 더하리"이고 나머지 판본은 모두 "피가 더하리니"로 되어 있다. 여기서는 시인 생전 마지막 작업인 저본에 따라 "핏기 더하리"로 확정하였다.

다시 거문고의 줄을 골라

내 노래에 맞추지 않으려나 나의 사람아!

가을날[41]

겹옷 사이로 스며드는 바람은

산산한[42] 기운을 머금고 ……

드높아진 하늘은 비로 쓴 듯이 깨끗한

맑고도 고요한 아침—

[41] 이 시는 1934년 9월 23일 『조선중앙일보』에 처음 발표되었다. 이 때의 제목은 「가을아츰」이며, 이후의 판본과는 시행에서 차이를 보이고 있다. 노천명 전집에서는 두 시가 유사하다고 하였지만, 시어의 표현으로 보면 큰 차이가 발견되지 않기에 「가을날」의 원 발표작으로 보는 것이 타당하다. 이 시는 저본에는 빠져있기 때문에 첫 단행본인 『산호림』을 정본 작업의 근거로 삼았다. 참고로 「가을아츰」 전문을 게재한다.
겹옷 사이로 슴여드는 바람은
산산한 긔운을 먹음고
드노파진 하늘은 비로쓴것처럼 깨끗한
맑고도 고요한 아츰이여라

예저긔 흐터저 촉촉이 저진
락엽을 소리업시 밟으며
허리띄가튼 길을 내노코
풀밧테 들어 거닐어보다

끈힐번하다 다시 이여지는 버레소리
애연히 넘어가는 마듸마듸엔
제철의 아픔을 깃드렷거니
곱게물든 이름모를 단풍한닙 따들고
이슬에 저진 치마ㅅ자락 휩싸들며 돌아서니
어듸로가는 긔차ㄴ가 소래 맑게도 들려라
[42] 산산하다 : 시원한 느낌이 들 정도로 사늘하다.

예저기[43] 흩어져 촉촉이 젖은
낙엽을 소리 없이 밟으며
허리띠 같은 길을 내놓고
풀밭에 들어 거닐어보다

끊일락 다시 이어지는 벌레 소리
애연히 넘어가는 마디마디엔
제철의 아픔을 깃들였다

곱게 물든 단풍 한 잎 따들고
이슬에 젖은 치맛자락 휩싸 쥐며 돌아서니
머언데 기차소리가 맑다

---

43 예저기 : 여기저기.

단상(斷想)[44]

공장의 사이렌 사원의 만종(晩鐘)[45]

얼크러진 광란(狂亂) 속에

또 하루해가 죽어간다[46]

끊겼다 이었다 굵게 가늘게

목메어 우는 듯 호소하는 듯 또 원망하는 듯

그윽하여라 사원의 저녁 종소리

헛되이 간 하루의 영결(永訣)[47]을 고하는 울음인가

눈물 마른 빈 가슴 안고

죽어가는 이날을 조상(吊喪)할거나[48]

---

44 이 시는 1932년 7월 『신동아』에 처음 발표되었다. 저본인 『현대시인전집』 2에는 빠져있기 때문에 정본 작업은 첫 단행본인 『산호림』을 근거로 하였다.

45 만종(晩鐘) : 저녁때 절이나 교회 따위에서 치는 종.

46 처음 발표될 때는 이 행의 뒤에 두 행이 더 있었다. 생략된 두 행의 원문은 다음과 같다.
　西天에 붓는 저뻘건 노을은
　뒤끌는 이무리 咀呪하는불꽃인가

47 영결(永訣) : 죽은 사람과 산 사람이 서로 영원히 헤어짐.

48 처음 발표될 때는 이 행의 뒤에 한 행이 더 있다. 생략된 행의 원문은 다음과 같다.
　오!虛ㅅ되히왓다 虛ㅅ되히가는 나의 헛된하로여

너는 저 아우성치는 무리에게

무엇을 주고 무엇을 빼앗았는고

즐거움일까 나는 모르네

쓰라림일까 그도 모르네

다만 이날을 조상하는 만종이 울 때

몇 장 안 되는 내 달력의 아까운 한 장을 또 뜯노라

포구(浦口)의 밤[49]

마술사 같은 어둠이 꿈틀거리며

무거운 걸음새로 기어드니

찌푸린 하늘엔 별조차 안보이고

바닷가 헤매는 물새의 울음소리

엄마 찾는 듯 …… 내 애를 끊네

한가람 청풍(淸風)[50] 물위를 스치고 가니

기슭에 나룻배엔 등불만 조을고

사공의 노랫가락 마디마디 구슬퍼

호수같이 고요하던 마음바다에 잔물살 이니

한때의 옛 곡조 다시 떠도네

이 바다 물결에 내 노래 띄워―

그 물결 닿는 곳마다 퍼쳐나[51] 보리

49　이 시는 1932년 10월 『신동아』에 처음 발표되었다. 저본에는 이 시가 빠져있기 때문에 정본 작
　　업을 위해서 첫 단행본인 『산호림』을 근거로 하였다.

50　청풍(淸風) : 부드럽고 맑은 바람.

51　퍼치다 : '퍼뜨리다'의 방언(강원, 전남).

바위에 부딪히는 구원(久遠)의 물소리

내 그윽한 느낌에 눈감고 듣노니

마산포(馬山浦)의 밤은 말없이 깊어만 가는데 ……

동경(憧憬)

내 마음은 늘 타고 있소
무엇을 향해선가-

아득한 곳에 손을 휘저어 보오
발과 손이 매여 있음도 잊고
나는 숨가빠 허덕여 보오-

일찍이 그는 피리를 불었소
피리 소리가 어디서 나는지 나는 몰라
예서 난다지 …… 제서 난다지 ……

어드멘지 내가 갈 수 있는 곳인지도 몰라
허나 아득한 저 곳에
무엇이 있는 것만 같애
내 마음은 그칠 줄 모르고 타고 또 타오

구름같이[52]

큰 바다의 한 방울 물만도 못한

내 영혼의 지극히 적음을 깨닫고

모래 언덕에서 하염없이

갈매기처럼 오래오래 울어보았소

어느 날 아침 이슬에 젖은

푸른 밭을 거니는 내 존재가

하도 귀한 것 같아 들국화 꺾어들고

아름다운 아침을 종다리처럼 노래하였소

허나 쓴웃음 치는 마음

삶과 죽음 이 세상 모든 것이

길이 못 풀 수수께끼어니

내 생의 비밀인들 어이 아오

---

52 이 시는 저본인 『현대시인전집』 2에는 빠져있기 때문에 정본 작업을 위해서 첫 단행본인 『산호
림』을 근거로 하였다.

바닷가에서 눈물짓고 ……
이슬 언덕에서 노래 불렀소
그러나 뜻 모를 이 생(生)
구름같이 왔다 가나 보오

네 잎 클로버[53]

녹음(綠陰)[54] – 소망의 정령(精靈)인 그가

푸른 손으로 나를 불러 뛰어나갔소[55]

무엇을 찾을 것만 같아 나무 아래 거닐었소[56]

옆에서 풀잎을 헤치는 동무 하나

네잎 클로버를 찾는다 하오

그가 왜 이상해 보이오[57]

허나 그가 귀엽지 않소

믿음과–소망–사랑과–행복을

진정 찾을 수 있다고 믿는

그 마음이 어린애처럼 귀엽지 않소[58]

---

53 이 시는 『산호림』이 출간되기 이전 「그 이름 물망초라기에」라는 제목으로 『이화』 1934년 5월 호(노천명 전집에는 1933년 5호라고 밝혔는데, 이것은 명백한 오류이다. 시의 마지막에 창작한 시기를 "一九三三, 八"로 밝혀놓았다. 이 오류는 여기서 바로잡는다.)에 발표되었다. 단행본인 『산호림』에 게재되면서 시행과 내용에 큰 차이를 보여주는 시이다. 저본에는 이 시가 빠져있기 때문에 정본 작업을 위해서 첫 단행본인 『산호림』을 근거로 하였다.

54 녹음(綠陰) : 푸른 잎이 우거진 나무나 수풀. 또는 그 나무의 그늘.

55 처음 발표될 때에는 "푸른손으로 분명히 나를 부르기에 / 나는 뛰여 나갔었소"로 되어 있다.

56 처음 발표될 때에는 "그리고 무엇을 찾을것만 같애 / 그아래를 거닐고 있었었소"로 되어 있다.

57 처음 발표될 때에는 "그가 왜 그다지 이상히 보였을까?"로 되어 있다.

58 처음 발표될 때에는 "그리고 얼마나 어린애같이 福된사람이오"로 되어 있다.

나도 그를 따라 풀잎을 헤쳐 보았소

찾으면 복되다는 네 잎을 못 얻은 서운한 마음[59]

이름 모를 작은 꽃 하나

따서 옷가슴에 꽂았소-

지나던 이 보고 그 이름 물망초라기

빼어서 냇가에 던졌소

던졌으니 그만일 것이- 왜 마음은 서운하오 ······[60]

---

[59] 처음 발표될 때에는 "그러나 찾으면 福되다는 네잎크로-애-를 / 永永찾지 못한 서운한 마음"으로 되어 있다.

[60] 처음 발표될 때에는 "던졌으니 그만일것 같은데 / 왜 이 마음은 아즉도 이다지 서운하다오?"로 되어 있다.

봄[61]

"어디를 가십니까"

노타이[62] 청년의 대수롭잖은[63] 인사에도

포도주처럼 흥분함은

무슨 까닭입니까

머지 않아 아가씨 가슴에도

누가 산도야지[64]를 놓겠구려

---

61 이 시는 첫 단행본인 『산호림』에는 「소녀」라는 제목으로 발표되었으나, 저본인 『현대시인전집』 2에는 「봄」으로 바뀌어있기 때문에 여기서도 이것을 취하기로 한다.

62 노타이(no tie) : 와이셔츠에 넥타이를 매지 않은 차림.

63 저본인 『현대시인전집』 2에서만 "대수롭잖은"으로 되어 있고, 『산호림』을 포함한 나머지 판본에서는 "平凡한"으로 되어 있다. 여기서는 저본을 기준으로 삼아 "대수롭잖은"으로 확정한다.

64 산도야지 : 산돼지, 멧돼지. 시어의 리듬감을 살리기 위해 현대 표기법을 적용하지 않았다.

밤의 찬미(讚美)[65]

삶의 즐거움이여! 삶의 괴로움이여!

이제는 아우성소리 그쳐진 밤

죽은 듯 다 잠들고 고요한 깊은 밤

미움과 시기의 낚시눈[66]도 감기고

원수와 사랑이 한 가지 코를 고나니

밤은 거룩하여라 이 더러운 땅에서도

이 밤만은 별 반짝이는 저 하늘과

그 깨끗함을– 그 향기를– 겨누나니

오! 밤 거룩한 밤이여

영원히 네 눈을 뜨지 말지니

네가 눈뜨면 고통도 눈뜨리

밤이여 네 거룩한 베개를 빼지 말고

고요히 고요히 잠들어 버려라

고궁(古宮)[67]

비바람 자욱이 아롱진 기인 담[68]

깨어진 기와 위를 담쟁이 넝쿨이

꺼—멓게 기는 흰 낮

'상하인개하마(上下人皆下馬)'[69]의 비석은 서 있기 열적어[70]하고

화려한 꿈이 흘러간 뒤 더 적적한 네거리

단청도 낡은 궁궐 앞엔

병문(屛門)[71] 인력거꾼들의 오수(午睡)[72]가 깊고

지나는 사람 중에는 아무도 옛날을 얘기하는 이 없다

---

67 이 시는 저본인 『현대시인전집』 2에는 빠져있기 때문에 정본 작업을 위해서 첫 단행본인 『산호림』을 근거로 하였다.

68 『산호림』 이후 판본에서는 "담"이 "밤"으로 바뀌어 있는데, 그 이유는 설명되지 않았다. 제목과 문맥을 고려해볼 때 "담"이 정확한 표현이라고 판단되어 "담"으로 확정한다.

69 '상하인개하마(上下人皆下馬)' : 신분의 고하를 막론하고 누구나 타고 가던 말에서 내리라는 뜻. 이 표현이 적혀있는 비석이 '하마비(下馬碑)'이다.

70 열적다 : 열없다의 잘못. 여기서는 시어의 리듬감을 살리기 위해 그대로 두기로 한다.

71 병문(屛門) : 골목 어귀의 길가.

72 오수(午睡) : 낮잠.

박쥐[73]

기인 담 밑에 웅송그리고[74] 누워 있는 집 없는 아이들

바람이 소스라치게 기어들 때마다

강아지처럼 웅웅대며 서로의 체온을 의지한다

박쥐의 날개를 얼리는 밤―

청동화롯가엔 두 모녀의 이야기가

찬 재를 모으며 흩으며 잠들 줄 모른다

아들의 굳게 다문 입술이 떨리며

눈물을 삼키고 떠나던 밤― 그 밤의 광경이

어머니의 가슴엔 아프게 새겨졌다

해가 바뀌는 밤 늙은 어머니는

아들의 이름을 중얼거리며 눈물짓다

젊은이가 떠난 뒤 이런 밤이 세 번째―

---

73 이 시는 저본인『현대시인전집』2에는 빠져있기 때문에 정본 작업을 위해서 첫 단행본인『산호림』을 근거로 하였다.

74 웅송그리다 : ① 춥거나 두려워 몸을 궁상맞게 몹시 옹그리다. ② 입술을 움츠리어 꽉 깨물다.

같은 하늘 낯선 땅 한구석에선

조국을 원망하나 미워하지 못하는

정(情)의 칼에 에어지는 아픈 가슴이 있으리 ……

호외(號外)[75]

큰불이라도 나라 폭탄사건이라도 생겨라

외근(外勤)에서 들어오는 전화가

비상(非常)[76]하기를 바라는 젊은 편집자

그는 잔인한 인간이 아니라[77]

저도 모르게 되어버린 슬픈 기계다

그 불이 방화가 아니라 보고될 때

젊은이의 마음은 서운했다

철필(鐵筆)[78]이 재빠르게 미끄러진다[79]

점퍼– 노타이– 루바슈카[80]의 청년– 청년–

---

75 이 작품은 1936년 9월 『조광』에 처음 발표되었다. 판본에 따라 연의 수가 달라지는데, 첫 발표는 4연, 첫 시집을 포함한 나머지 판본은 3연, 저본으로 삼은 『현대시인전집』 2에는 2연으로 구성되어 있다. 여기서는 저본에 따라 2연으로 구분하였다.

76 비상(非常) : ① 뜻밖의 긴급한 사태. 또는 이에 대응하기 위하여 신속히 내려지는 명령. ② 예사롭지 아니함. ③ 평범하지 아니하고 뛰어남.

77 저본인 『현대시인전집』 2에서만 "아니라"로 되어 있고, 나머지 판본은 모두 "아니다"로 되어 있는데, 여기서는 저본을 따라 "아니라"로 확정한다.

78 철필(鐵筆) : ① 펜(pen). ② 등사할 글씨를 원지에 쓰는, 끝이 뾰족한 쇠붙이로 만든 붓. ③ 도장을 새기는 새김칼.

79 처음 발표될 때는 이 행의 뒤에 "原稿紙가날른다"가 있었다.

80 루바슈카(rubashka) : 블라우스와 비슷한 러시아의 남성용 겉저고리. 옷깃을 왼쪽 앞가슴에 당겨서 달아 단추로 여미며 허리를 끈으로 둘러맨다. 깃과 섶, 소매 끝에는 러시아식 자수가 놓여

싱싱하고 미끈한 양[81]들이

해군복이라도 입히고 싶은 맵시다

오늘은 또 저 붓 끝이 몇 사람을 찌르고

또 몇 사람을 훌륭하게 만들었느냐[82]

젊은이 수기(手記)[83]에 참회가 있는 날

그날은 그날은 무서운 날일지도 모른다

있다. 처음 발표될 때는 "꼴푸즈봉"(바지의 일종)이었다.
81 양 : 모양.
82 이 시행은 저본인 『현대시인전집』 2에만 나타난다.
83 수기(手記) : ① 자기의 생활이나 체험을 직접 쓴 기록. ② 글이나 글씨를 자기 손으로 직접 씀.

맥진(驀進)[84]

호산나[85]를 부르는 사람들

길바닥은 군중들의 던진 장미로 어지럽다

말 탄 용사들의 다문 입엔

정중한 웃음이 떠돈다

그들에게는 '어제'의 장한 싸움이 있다

귀한 땀이 있다

아픔을 참는 데 순교자와 같은 거룩함이 있다

모래알만한 불의에도 화차(火車)처럼 달렸다[86]

─부셨다[87]

---

84 맥진(驀進) : 좌우를 돌아볼 겨를이 없이 힘차게 나아감.
　　이 시는 『현대시인전집』 2 이후 판본에서는 총 4연으로 구성되어 있다. 여기서는 저본을 따라 5연으로 구분하며, 특히 3연의 경우 모든 판본이 3행으로 구성되어 있으나, 저본은 4행이기 때문에 저본의 구성을 그대로 따른다.

85 호산나(hosanna) : '구하옵나니, 이제 구원하소서'의 뜻을 가진, 하나님을 찬양하는 말.

86 저본인 『현대시인전집』 2에서만 "달렸다"이고, 나머지 판본에서는 "달린다"로 되어 있다.

87 이 행은 오직 저본인 『현대시인전집』 2에서만 하나의 행으로 독립시키고 있다. 노천명은 "달린다─ 부순다"로 연결되던 의미를 "달렸다", "부셨다"로 보다 강조하기 위해 행을 구분한 것으로 보인다.

의로운 싸움을 해야만 할

그들에겐 숙명이 있다

"앞으로! 앞으로!"의 군호(軍號)[88]가 서리 같다

행군(行軍)들은 일제히 다가선다

피[89]로 새긴 '어제'가 있다

지붕을 흔드는 찬사와 꽃다발이 '오늘'에 있다

그러나 '내일'을 위해 말을 몰아 또 달린다[90]

88 　군호(軍號) : ① 서로 눈짓이나 말 따위로 몰래 연락함. 또는 그런 신호. 비슷한 말 : 구호2(口號).
　　② 군중(軍中)에서, 나발·기·화살 따위를 이용하여 신호를 보냄. 또는 그 신호.
89 　저본인 『현대시인전집』 2에서만 "피로"로 되어 있고, 나머지 판본에서는 "심혈을"이라고 되어
　　있다.
90 　저본인 『현대시인전집』 2에서만 "말을 몰아 또 달린다"로 되어 있고, 나머지 판본에서는 "또 말
　　을 몬다- 달린다"로 되어 있다.

반려(斑驢)[91]

도무지 길 들일 수 없는 내 나귀일래

오늘도 등을 쓸어주며

노여운 눈물이 핑 돌았다

그래도 너와 함께 가야 한다지 ……

밤이면 우는 네 울음을 내가[92] 듣는다

내 마음을 받을 수 없는

네 슬픈 성격을 나도 운다

---

91 반려(斑驢) : 정확한 의미는 파악할 수 없으나, 한자의 의미를 조합하여 추측하면 '얼룩나귀'로 해석된다.

92 저본인 『현대시인전집』 2에서만 "내가"가 첨가되어 있다.

가을의 구도(構圖)[93]

가을은 깨끗한 새악시처럼

맑은 표정을 하는가 하면 또

외로운 여인네같이 슬픈 몸짓을 지녔습니다

바람이 수수밭 사이로

우수수 소리를 치며 설레고 지나는 밤엔

들국화가 달 아래 유난히 희어 보이고

건넛마을 옷 다듬는 소리에

차가움을 머금었습니다

친구여! 잠깐 우리가 멀리 합시다

호수 같은 생각에 혼자 가마안히

잠겨보고 싶구려 ……

---

93 이 시는 저본인 『현대시인전집』 2에는 빠져있기 때문에 정본 작업을 위해서 첫 단행본인 『산호림』을 근거로 하였다.

사슴

모가지가 길어서 슬픈 짐승이여
언제나 점잖은 편 말이 없구나
관(冠)[94]이 향기로운 너는
무척 높은 족속이었나 보다

물 속의 제 그림자를 들여다보고
잃었던 전설을 생각해 내곤
어찌할 수 없는 향수에
슬픈 모가지를 하고 먼데 산을 쳐다본다

---

94 관(冠) : 검은 머리카락이나 말총으로 엮어 만든 쓰개. 신분과 격식에 따라 여러 가지가 있었다.
여기서는 사슴의 머리 위에 있는 뿔을 의미한다.

귀뚜라미

몸 둔 곳 알려서는 덜 좋아—
이런 모양 보여서도 안 되는 까닭에
숨어서 기나긴 밤 울어 새웁니다

밤이면 나와 함께 우는 이도 있어
달이 밝으면 더 깊이 깊이 숨어듭니다[95]
오늘도 저 섬돌 뒤
내 슬픈 밤을 지켜야 합니다

---

[95] 첫 단행본인 『산호림』에서는 "숨겨듭니다", 그리고 이후 판본에서는 "숨겨둡니다"로 되어 있지만, 저본인 『현대시인전집』 2에는 "숨어듭니다"로 되어 있다. 여기서는 저본에 따라 "숨어듭니다"로 확정한다.

말 않고 그저 가려오[96]

말보다 아름다운 것으로 내 창을 두드려 놓고

무거운 침묵 속에 괴로워 허덕이는

인습(因襲)[97]의 약한 아들을 내 보건만

생명이 다하는 저 언덕까지 깨지 못할 꿈이라기

나는 못 본 체 그저 가려오

호젓한 산길 외롭게 떨며 온 나그네

아늑한 동산에 들어 쉬라 하니

이 몸이 찢겨 피 흐르기로

그 길이 험하다 사양했으리―

'생'의 고적한[98] 거리서 그대 날 불렀건만

내 다리 떨렸음은―

땅 위의 가시밭도 연옥(煉獄)[99]의 불길도 다 아니었소

---

96 이 시는 저본인 『현대시인전집』 2에는 빠져있기 때문에 정본 작업을 위해서 첫 단행본인 『산호림』을 근거로 하였다.

97 인습(因襲) : 예전의 풍습, 습관, 예절 따위를 그대로 따름.

98 고적(孤寂)하다 : 외롭고 쓸쓸하다.

말없이 희생될 순한 양 한 마리
…… 다만 그것뿐이었소 ……

위대한 아픔과 참음이 그늘지는 곳
영원한 생명이 깃들일 수 있나니
그대가 내어준[100] 푸른 가닥 고운 실로
내 꿈길에 수놓아가며 나는 말 않고 그저 가오
못 본 체 그냥 가려오 ……

99　연옥(煉獄) : 죽은 사람의 영혼이 천국에 들어가기 전에 남은 죄를 씻기 위하여 불로써 단련받는 곳.
100　이 시어는 첫 단행본인 『산호림』과 가장 최근에 발행된 노천명 전집에는 "나어준"으로, 노천명
　　사후 첫 출판된 전집에서는 "나누어준"으로 표현되어 있는데, 시의 의미 전개상 "내어주다"가 더
　　정확한 표현이라고 판단된다. 정본화 팀의 전체 회의와 어학적 검토를 거쳐 이 시어는 기존 판본
　　에서 표현한 "나어준" 혹은 "나누어준"을 취하지 않고 문맥의 의미에 충실하여 "내어준"으로 확
　　정한다.

밤차[101]

사슬잠[102]을 소스라쳐 깨어나니

불이 홀로 밤을 새워 울다 둔 방을 지켰구나

어젯밤 기어이 북(北)으로 떠난 차

지금쯤은 먼 들의 어느 역을 지나노?

보내고 돌아오니 잊은 것도 많건만

차창 곁에 걸린 국경의 지명을 읽자마자

배웠던 방언(方言)[103]도 갑자기 굳어버려

발끝만 굽어보며 감물든[104] 입은

해야 될 한마디도 발언을 못했다

---

101 이 시는 저본인 『현대시인전집』 2에는 빠져있기 때문에 정본 작업을 위해서 첫 단행본인 『산호림』을 근거로 하였다.

102 사슬잠 : 사전에 없는 단어. 문맥상으로는 '선잠'의 의미. 첫 단행본을 영인한 『원본 노천명 시집』에서는 "사슬에 묶인 것처럼 불편하고 가위눌리는 잠"으로 어휘풀이를 하였다.

103 방언(方言) : 한 언어에서, 사용 지역 또는 사회 계층에 따라 분화된 말의 체계. 사투리.

104 감물다 : 입술을 감아 들여서 꼭 물다.

수녀(修女)[105]

수녀원도 뒤 한적한 곳
'루르드[106] 성굴(聖窟)'엔
성모 마리아상이 유난히 흰 밤

검은 묵주 손에 쥐고
조용히 나와 비는 한 처녀
말없는 무거운 마음을 누가 알리 ……

---

105 이 시는 저본인 『현대시인전집』 2에는 빠져있기 때문에 정본 작업을 위해서 첫 단행본인 『산호림』을 근거로 하였다.

106 루르드(Lourdes) : 프랑스 남서부에 위치한 가톨릭의 중요한 순례지. 1858년 성녀 베르나데트 (1844~1879)가 이곳에 있는 마사비엘의 동굴에서 열여덟 회에 걸쳐 성모 마리아를 보았다고 전해진 뒤 세계 각지로부터 해마다 오백만이 넘는 순례자가 찾아오는 유수의 순례지가 되었다.

손풍금[107]

내 설운[108] 얘기로 귀에 살이 진

낡은 손풍금이 하나 우리 집에 있소

어디서 난 것인지 아지 못하오

누가 두고 간 것인지도 모르오

힘없이 내 손이 어루만지면

슬픈 소리를 내오

울고 난 뒤……

마음이 외로운 때……

내가 이 손풍금을 장난하오

---

107 이 시는 저본인 『현대시인전집』 2에는 빠져있기 때문에 정본 작업을 위해서 첫 단행본인 『산호
림』을 근거로 하였다.
108 설운 : 서러운. 시어의 리듬감을 유지하고자 현대 표기법에 따르지 않았다.

장날[109]

대추 밤을 돈사야[110] 추석을 차렸다

이십 리를 걸어 열하룻장을 보러 떠나는 새벽

막내딸 이뿐이는 대추를 안준다고 울었다

절편[111] 같은 반달이 싸리문 위에 돋고

건너편 서낭당

사시나무 그림자가 무시무시한 저녁

나귀 방울에 지껄이는 소리가

고개를 넘어 가차워지면[112]

이뿐이보다 찹쌀개[113]가 먼저 마중을 나갔다

---

109 저본으로 삼은 『현대시인전집』 2의 경우 총 1연 9행으로 구성되어 있다. 이것은 총 1연 7행의 구성을 취한 다른 판본과 차이를 보이고 있는데, 여기서는 저본에 따라 총 1연 9행으로 확정한다.

110 돈사다 : '팔다'의 방언.

111 절편 : 떡살로 눌러 모나거나 둥글게 만든 떡. 쑥 따위를 넣거나 여러 가지 색으로 물들이기도 한다.

112 가차워지면 : 가까워지면 (경북, 전북, 평안 방언). 시어의 리듬감을 위해 현대 표기법을 적용하지 않았다.

113 찹쌀개 : 삽살개 (전남 방언).

연자간(研子間)

삼밭 울바자[114]엔 호박꽃이 희한한 마을[115]

눈 가린 말은 돌방아를 메고

한종일[116] 연자간을 속아 돌고

치부책을 든 연자지기는 잎담배를 피웠다

머언 아랫말에 한나절 닭이 울고

돌배[117]를 따는 아이들에게선 풋냄새가 났다

밀을 찧어가지고 오늘 친정엘 간다는 새댁

대추나무를 쳐다보고도 일 없이 좋아했다

---

114 울바자 : 울타리를 만드는 데 쓰이는 바자, 또는 바자로 만든 울타리(평안, 황해 방언).

115 노천명 사후 출판된 전집에서는 "희한한데"로 바뀌었는데, 그 이유를 밝히지 않았다. 여기서는
저본에 따라 "희한한 마을"로 확정한다.

116 한종일 : 날이 저물 때까지.

117 돌배 : '똘배'의 방언. 똘배는 콩배나무의 열매. 아주 작고 단단하며 맛은 시고 떫다.

조그만 정거장

뙤약볕에 채송화가 영악스럽고
코스모스는 외로운
조그만 정거장—

수건 쓴 능금장수 여인은 말이 거세고
나는 아는 이가 없어 서글펐다

젊은 양주(兩主)[118]가 데리고 나온
빨간 양복의 사내 애기는
외가엘 간다고 좋아라 뛰었다

---

118 양주(兩主) : 바깥주인과 안주인이라는 뜻으로, '부부(夫婦)'를 이르는 말.

분이(粉伊)[119]

칠월 낮 마루의 햇살이 베등거리[120]에 따가웁고

정자나무[121] 아랜 당사주(唐四柱)[122]쟁이 영감이 조는 마을

강에선 사람이 빠졌다고

아이들이 수선스레 뫼들었다[123]

"다섯 살 난 내 어린것이 오늘

물에 놀러 나갔다 빠져 죽었소

신발과 옷을 벗어논 채 이렇게 없어졌소"

한 여인이 물가에 앉아

미친 듯이 울며 넋두리 했다

---

119 저본으로 삼은 『현대시인전집』 2에서는 이 시가 총 6연으로 구성되어 있으며 행도 늘어나 있다.
이것은 큰 활자로 인쇄하였기 때문으로 판단된다. 여기서는 저본에 따라 총 6연의 구성을 취하
기로 한다.

120 베등거리 : 베로 만든 등거리. 등거리는 등만 덮을 만하게 걸쳐 입는 홑옷. 베나 무명으로 깃이
없고 소매가 짧거나 없게 만든다.

121 저본을 제외한 나머지 판본 모두 첫 단행본인 『산호림』의 표기를 따라 "경지나무"로 되어 있다.

122 당사주(唐四柱) : 중국에서 들여온, 그림으로 사주를 보는 법.

123 뫼들다 : 모여들다(경기 방언). 시어의 리듬감을 위해 현대 표기법을 적용하지 않았다.

“하나님 난 세상에서 악한 일한 기억이 없습니다

그렇거늘 당신은 내 어린 것을 …… 내 어린 것을 ……”[124]

젊은 아낙네 손엔 애기의 고무신이 꼭 쥐어있고

땅을 짚은 팔엔 계집아이 꼭두서니[125] 다홍치마가 감겼다

물가에 앉아 그 속을 들여다보곤 자꾸만 설워했다[126]

“분이야! 늬가 들어오면 준다고 집엔 참외도 한개 사났다

아버지가 지게를 지고 저녁에 돌아오면[127]

너 어디 갔다 하라느냐

그렇게 갈 것을– 잘 멕이도 입히도[128] 못하고 ……”

---

124 저본에서는 여인의 넋두리에 해당하는 부분이 겹낫표로 표기되어 있는데, 이 문장부호는 다른
판본에서는 발견되지 않는다. 여기서는 겹낫표가 아닌 큰따옴표로 바꾸었다.

125 꼭두서니 : 꼭두서닛과의 여러해살이 덩굴풀. 어린잎은 식용하고 뿌리는 물감의 원료나 진통제
로 쓴다.

126 이 시어는 저본을 제외한 나머지 판본에서는 “서러워졌다”로 되어 있는데, 의미 상으로는 “설어
했다”가 더 타당하다고 판단된다. “설어했다”의 표준어는 “설워했다”이므로 여기서는 “설워했
다”로 확정한다.

127 저본을 제외한 나머지 판본에서는 “품팔고 돌아오면”으로 되어 있다. 또한 저본은 이 행을 두 개
의 행으로 나누었다. 시 선집을 기획하면서 노천명이 새롭게 수정한 부분이지만, 이후 판본에는
영향을 미치지 못하였다.

128 멕이도 입히도 : 먹이지도 입히지도. 여인의 넋두리에 해당하는 부분이기에 구어체의 어감을 살
리기 위해 현대 표기법을 적용하지 않았다.

여인[129]

빨래해서 손질하곤 이어 또 꿰매는 일

어린것과 그이를 위하는 덴 힘든 줄을 모르오

오랜만에 나와 거닐어보는 지름길엔

어느새 녹음이 이리 짙었소 ……

생각하면 꿈을 안고 열에 떴던 시절도 있어

이런 델 거닐면 떠오르는 그날들–

연짓빛[130] 야회복처럼 현황(炫煌)[131]했으나 실로 싱거웠소

한 어머니로 여인은 팔월의 태양처럼 미더워라[132]

---

129 이 시는 저본인 『현대시인전집』 2에는 빠져있기 때문에 정본 작업을 위해서 첫 단행본인 『산호
림』을 근거로 하였다.

130 연짓빛 : 연지(臙脂)색. 여자가 화장할 때에 입술이나 뺨에 찍는 붉은 빛깔의 염료.

131 현황(炫煌) : 정신이 어지럽고 황홀함.

132 미덥다 : 믿음성이 있다.

보리[133]

호박색(琥珀色)[134] 물결치는 보리밭

허리 굽힌 여인의 손엔 힘있게 낫이 번쩍이오

사악사악 베어지는가 하면 묶어지는 보릿단

맥추절(麥秋節)[135]의 기쁨이 흰 낮 골짜구니[136]에 피었소

가마를 타고 친정 동리(洞里)를 나오던 날

고운 옷은 처음이요 마지막이었소

연자간에선 보리 밀만 닦건만

휘파람 불며 가는 저 연인들보다 그가 행복하다오

---

[133] 이 시는 저본인 『현대시인전집』 2에는 빠져있기 때문에 정본 작업을 위해서 첫 단행본인 『산호림』을 근거로 하였다.

[134] 호박색(琥珀色) : 호박(琥珀)의 빛깔과 같이 진한 노란빛을 띤 주황색.

[135] 맥추절(麥秋節) : 보리 수확기의 명절이라는 뜻으로, 팔레스타인에서 지내던 기독교 추수 감사절의 시원이 되는 명절.

[136] 골짜구니 : 골짜기의 사투리. 시어의 리듬감을 위해 현대 표기법을 적용하지 않았다.

상장(喪章)[137]

한 방 안 되는 고독이 나를 둘러싸고

목화송이 같은 눈이

소리 없이 밖에 내려 쌓이고

벙어리처럼 말이 없음은

상갓집 곡성(哭聲)보다 더 처량했다

오! 슬픈 장난이여 ……

---

137 이 시는 저본인 『현대시인전집』 2에는 빠져있기 때문에 정본 작업을 위해서 첫 단행본인 『산호림』을 근거로 하였다.
상장(喪章) : 거상(居喪)이나 조상(弔喪)의 뜻을 나타내기 위하여 옷깃이나 소매 따위에 다는 표. 보통 검은 헝겊이나 삼베 조각으로 만들어 붙인다.

만월대(滿月臺)[138]

풀 헤쳐 길을 내며 비탈을 기어올라

님 계옵던[139] 궁터거니 절하고 굽혀들 제

주춧돌 그 자리에 잡초가 어인 일고

오백 년[140] 옛 소식을 어느 곳에 들으리오

오르고 내리실 제 밟으시던 그 돌층대

마른풀 우는 소리 낙엽마저 쌓였구나

가을도 저문 날에 만월대 지나던 손

풀이라 울어볼까 낙엽이라 앉아볼까

초석(礎石)[141]이 말없으되 발 못 돌려 하노라

---

138 이 시는 『조선중앙일보』 1934년 10월 9일자에 「만월대에 올라」라는 제목으로 처음 발표되었
   다. 저본인 『현대시인전집』 2에는 빠져있기 때문에 정본 작업을 위해서 첫 단행본인 『산호림』
   을 근거로 하였다.
   만월대 : 개성만월대라 일컬음. 개성시 송악산 남쪽 기슭에 있는 고려의 왕궁지.
139 계옵던 : 계시옵던. 시어의 리듬감을 위해 현대 표기법을 적용하지 않았다.
140 처음 발표될 때에는 "半千年"이었다.
141 초석(礎石) : 주춧돌.

참음[142]

이 가슴 맺힌 울분 불꽃 곧 될 양이면

일월(日月)도 녹을 것이 산악(山岳) 어이 아니 타랴

오늘도 내 맘만 태우며 또 하루를 보냈노라

님이 가오실 제 명심하란 참을 인(忍) 자

오늘도 가슴속 치미는 불덩이를

참음의 더운 눈물로 구지껏[143] 사옵내다

---

142 노천명 관련 자료에서는 이 시가 1934년 『이화』 5호에 게재되었다고 서지사항을 밝혔으나, 이
   곳에는 「그 이름 물망초라기에」가 게재되어 있다. 따라서 원 발표지면을 찾지 못한 시이다. 저
   본인 『현대시인전집』 2에는 이 시가 빠져있기 때문에 정본 작업을 위해서는 첫 단행본인 『산호
   림』을 근거로 삼았다.
143 구지껏 : 부사어 '구지'와 접미사 '-껏'이 결합된 단어로 보인다. '구지'는 '굳게'의 옛말이다.

술회(述懷)[144]

나 놀던 그 옛집이 하 그리워 찾아드니
터는 옛터로되 벗은 옛 벗 아니로다
푸르른 오동나무만 옛 빛 지녀 섰더라

옛 벗 그리는 정 풀 길이 바이[145] 없어
뜰 앞뒤 거닐다 돌아서니 눈물일레
어린 날 되못온다니[146] 그를 설워하노라

---

144 이 시는 저본인 『현대시인전집』 2에는 빠져있기 때문에 정본 작업을 위해서 첫 단행본인 『산호림』을 근거로 하였다.
    술회(述懷) : 마음속에 품고 있는 여러 가지 생각을 말함. 또는 그런 말.
145 바이 : 전혀. 아주.
146 되못온다니 : 다시 못온다니. 시어의 리듬감을 위해 현대 표기법을 적용하지 않았다.

성묘(省墓)[147]

어찌타 가시는 님
정은 남겨 두신고
가배절(嘉俳節)[148] 당하오니
옛 설움 새로워라

쓰린 마음 굳이 안고
누우신 곳 찾았건만
애닯다 어이 몰라 하신고

키 큰 풀 우거진 양
더욱 쓸쓸하고야

간장(肝腸)에 맺힌 설움
풀 길이 바이 없어

---

147 저본인『현대시인전집』2에는 이 시가 빠져있기 때문에 정본 작업을 위해서는 첫 단행본인『산호림』을 근거로 삼았다.
148 가배절(嘉俳節) : 추석.

더운 눈물 뿌려
마른 잎을 축이노라

온 것조차 모르시니
애닲은 이 마음이랴
눈 들어 먼 산 보니
안개 어이 가리는고
발 밑의 흰 떨기도
눈물 젖어 있더라

만가(輓歌)[149]

일찍이 걷던 거리엔 그날처럼 사람이 오고 …… 가고 ……

모퉁이 약국집 새장의 라빈[150]도 우는데–

이 거리로 오늘은 상여가 한 채 지나갑니다

요령(搖鈴)[151]을 흔들며 조용히 지나는 덴 낯익은 거리들 ……

엄숙히 드리운 검은 포장(布帳) 속엔

벌써 시체된 그대가 냄새 납니다

그대 상여 머리에 옛날을 기념하려

흰 장미와 백합을 가드윽히 얹어

향기로 내 이제 그대의 추기[152]를 고이 싸려 하오

---

149 저본인『현대시인전집』2에는 이 시가 빠져있기 때문에 정본 작업을 위해서는 첫 단행본인『산
호림』을 근거로 삼았다. 이 시는 첫 단행본인『산호림』에서는 3연인데, 이후 판본에서는 총 2연
으로 구성되어 있다. 여기서는 첫 단행본을 따라 총 3연으로 구성하였다.
만가(輓歌) : ① 상엿소리. ② 죽은 사람을 애도하는 노래나 가사.
150 라빈(robin) : 울새. 개똥지빠귀.
151 요령(搖鈴) : 종 모양의 법구(法具). 종 모양으로 솔발보다 조금 작으며, 법요를 행할 때 흔든다.
152 추기 : 추깃물의 준말. 추깃물은 송장이 썩어서 흐르는 물.

성지(城址)[153]

머루와 다래가 나는 산골에 자란 큰애기[154]라

혼자서 곧잘 산에 오르기를 좋아 합니다

깨어진 기와 편(片)[155]에서 성터의 옛 얘기를 주우며

입다문 석문(石門)에 삼켜버린 전설을 바라봅니다[156]

하늘엔 흰 구름이 흘러 흘러가고—

젊은이의 가슴은 애수가 지그웃이[157] 무는 가을

서반아풍[158]의 기인 머리를 땋아 두른

여인은 지나간 꿈을 뒤적거립니다

실은 서럽지도 않은 이야기들인 것이

저 벌레와 함께 이처럼 울고 싶어집니다

---

153 이 시는 저본인 『현대시인전집』 2에는 빠져있기 때문에 정본 작업을 위해서 첫 단행본인 『산호림』을 근거로 하였다.
　　성지(城址) : 성터.
154 큰애기 : 결혼을 하지 않은 미혼의 여성.
155 편(片) : 작은 조각의 물건.
156 "전설을 바라봅니다"는 노천명 사후 판본에서는 생략되어 있다.
157 지그웃이 : 지긋이. 시어의 리듬감을 위해 현대 표기법을 적용하지 않았다.
158 서반아풍 : 에스파냐의 분위기가 나는. '서반아'는 '에스파냐'의 음역어.

하기사 그때도 이렇게 갈대가 우거지고
들국(菊)이 핀 언덕–
동(東)으로 낮 차가 달리는 곳–
두 줄 철로를 말없이 바라보았지라우

야제조(夜啼鳥)[159]

낙엽을 가져다 내 창가에 끼얹고는

말없이 찬 달 아래 떨고 서 있는

네 마음을 알아듣는 까닭에

이 밤에 내가 굳이 창장(窓帳)[160]을 내리었노라

밤새가 네 가슴을 쪼지[啄] 않느냐

슬픈 애기는 이제 그만 하자―

조각달이 네 메마른 팔 위에 차가웁고

열여섯[161] 소녀인 양 이처럼 감상적인 저녁엔

차를 끓이는 대신

과자의 은빛 종이를 벗기기로 했다

---

159 이 시는 첫 단행본인 『산호림』에서는 총 3연으로, 저본인 『현대시인전집』 2과 사후 첫 전집에서는 2연으로 구성되어 있는데, 여기서는 저본의 구성을 따라 총 2연으로 구성하였다.
야제조(夜啼鳥) : 밤에 우는 새 혹은 밤에 우는 새의 소리.
160 창장(窓帳) : 창에 둘러치는 휘장.
161 저본을 제외한 나머지 판본에서는 "十六歲"로 되어 있다.

국경(國境)의 밤[162]

엊그제도 이 호지(胡地)[163]에선 비적(匪賊)[164]이 났단다

먼 데 개들이 불안스레 짖는 밤

허룩한[165] 방안엔 사모바르[166]의 끓는 소리가

화롯가에 높고 ……

잠은 머얼고 ……

재도 장난할 수 없는 마음

온밤 사모바르의 물 연기를 응시하며

독수리 같은 어떤 인생을 풀어보다

---

162 이 시는 저본인 『현대시인전집』 2에는 빠져있기 때문에 정본 작업을 위해서 첫 단행본인 『산호림』을 근거로 하였다.

163 호지(胡地) : 오랑캐가 사는 땅. 흔히 중국 북동 지방을 이른다.

164 비적(匪賊) : 무장을 하고 떼를 지어 다니면서 사람들을 해치는 도둑.

165 허룩하다 : 줄거나 없어져 적다.

166 사모바르(samovar) : 러시아 전래의 특유한 주전자. 구리, 은, 주석 따위로 만드는데 중앙에 상하로 통하는 관이 있어 그 속에 숯불을 넣어 물을 끓인다.

출범(出帆)

기선(汽船)이 떠나고 난 항구에는

끊어진 테이프들만 싱겁게 구을르고[167]

아무렇지도 않았던 것처럼 ……

바다는 다시 침묵을 쓰고 누웠다

마녀의 불길한 예언도 없었건만

건너기 어려운 바다를 사이에 두기로 했다

마지막 말을 삼키고 ……

영영 떠나보내는 마음도 실은 강하지 못했다

선조(先祖) 때 이 지역은 저주를 받은 일이 있어

비극이 머리 들기 쉬운 곳이란다

검푸른 칠월의 바닷가 모래불[168] –

늙은 소라껍데기 속엔 이야기 하나가 더 불었다

물을 차는 제비처럼 가벼웠으면 …… 하나

---

167 구을르고 : 구르고. 시어의 리듬감을 위해 현대 표기법을 적용하지 않았다.
168 모래불 : 모래부리. 바다 가운데로 좁고 길게 뻗어 나간 모래톱(평안 방언).

마음은[169] 광주리 속을 자꾸 뒤적거려

배가 나간 뒤도 부두를 떠나지 못하는 부은 마음

바다 저편에 한여름 흰 꿈을 재우다

169 첫 단행본에는 "마음의 마음은"으로 되어 있고, 노천명이 적극적으로 참여한 저본에는 "마음은"
으로 되어 있는데, 이후 판본들은 모두 첫 단행본을 따라 "마음의 마음은"으로 되어 있다. 노천명
의 수정 내용이 이후 판본에 반영되지 않은 결과이다.

생가(生家)

뒤울안 이스라지[170]와 보루쇠[171] 열매가 붉어오면

앞산에서 뻐꾸기 울었다

해마다 다른 까치가 와 집을 짓는다던

앞마당 아라사 버들은 키가 커 늘 쳐다봤다

아랫말과 웃동리가 넓어 뵈던 촌에선

단오의 명절이 한껏 즐겁고⋯⋯

모닥불에 강냉이를 튀겨 먹던[172] 아이들

곧잘 하늘의 별 세기를 내기했다

갯가에서 갯비린내가[173]

---

170 이스라지 : 장미과의 관목. 높이는 2m 정도이며 봄에 잎보다 먼저 흰색이나 연분홍색의 작은 다섯 잎 꽃이 가지마다 핀다. 약초로 심거나 정원수로 재배한다. 늦당옥매・참옥매화.

171 보루쇠 : 사전에 없는 단어이지만 뒤의 시어 "열매가 붉어오면"과 연관지을 때 '보리수'의 구어적 표현으로 이해된다.

172 첫 단행본에서는 "뙤먹든"으로 되어 있다.

173 첫 단행본인 『산호림』에서 이 시행은 "江가에서 개(江)비린내가 유난이"로 되어 있다. 저본을 제외하고는 모두 이대로 따르며, 저본에서만 "江가"가 "개(江)가"로 바뀐다. 이 판본을 제외한 노천명 사후 전집에서는 각주를 달아 "江"이 "川"의 오식인 듯 추측하고 있으나, 저본에 따르면 시인은 "갯가"를 일관되게 "江"으로 표기하고 있어("개(江)가에서 개(江) 비린내가") 오식이 아닌 것을 확인할 수 있다. 여기서는 괄호 속의 한자어 표현을 생략하고 저본에 맞추어 "갯가에서 갯비린내가"로 확정한다.

유난히 풍겨오는 저녁엔 비가 온다던
늙은이의 천기 예보(天氣豫報)는 틀린 적이 없었다

도적이 들고 난 새벽녘처럼
휘한[174] 밤
개 짖는 소리가 덜 좋아
이불 속으로 들어가 묻히는 밤이 있었다

---

[174] 휘하다 : 휘휘하다. 무서운 느낌이 들 정도로 고요하고 쓸쓸하다. 저본인 『현대시인전집』 2에서
만 이 행을 구분하였고, 시어도 "호젓한 밤"이 아닌 "휘한 밤"으로 적고 있다. 여기서는 저본을 따
라 행을 구분하여 "휘한 밤"으로 확정한다.

『산호림』(노천명) 원전비평 및 정본화

이 책은 노천명의 첫 번째 시집 『산호림』에 대한 원전비평 및 정본화 작업의 결과물이다. 1937년(소화 12년) 한성도서에서 첫 단행본이 출판된 이래 『산호림』은 단독으로 출판되지 않고 노천명 시 전집 혹은 시 선집의 형태로 다른 시집들과 함께 묶어 출판되었다. 이 과정에서 몇 편의 시편이 누락되기도 하고 원전의 표기법이 바뀌기도 하고 시어의 의미가 달라지는 등 다양한 변화가 있었다. 본 연구는 최근까지 출판된 『산호림』의 판본들을 전부 수합하여 하나하나 비교·대조하면서 맞춤법과 표기상의 오류를 바로잡는 것은 물론, 시어의 의미를 정확하게 정리하고자 하였다. 이 작업의 최종 결과물인 이 책은 『산호림』의 원형을 복원하여 그것을 토대로 현대적인 정본을 정리한 것이다. 본 정본화 작업 및 원전비평의 과정은 다음과 같다.

1. 저본 선정과 비교 판본

『산호림』이라는 이름과 노천명 시 전집, 혹은 시 선집의 형태로 출판된 모든 판본을 수합하고 그중에 저본을 설정하는 작업이 가장 먼저 수행되었다. 그 과정에서 『현대시인선집』2(동지사, 1949)를 저본으로 선정하였다. 이 판본은 노천명 생애 첫 선집이자 마지막 선집으로, 누락된 시들이 있긴 하지만 시인 스스로 주석을 달고 설명할 정도로 시인의 정성과 의도가 적극적으로 개입된 단행본이다. 일반적으로 정본연구에서 저본 선정의 원칙은 시인의 생애 최후의 판본으로 하는 것이지만 판본 비교의 결과 노천명 생애 최후의 판본 역시 이 단행본이기 때문에 저본의 자격을 충분히 갖추었다. 다만, 이 선집에 누락된 시편들은 첫 단행본인 한성도서 본에 의거하여 작업을 진행하였다. 『산호림』의 여러 판본 중에서 가장 최근에 출판된 것이 두 편 있는데, 하나는 『원본 노천명 시집』(깊은샘, 2013.3)이고, 다른 하나는 『산호림』(이프리북스, 2013.8)이다. 이 중 『원본 노천명 시집』은 첫 단행본인 『산호림』을 그대로 영인하였기 때문에 판본비교의 의미가 없어서 비교 대상에서 제외하였다. 또한 『산호림』은 '정본'이라는 이름을 붙이고 있음에도 불구하고 「강냉이」를 「옥수수」로, "편–한"을 "먼–한"으로 잘못 표기하기도 하고, 전체 1연인 「자화상」을 5연으로 구분하는 등 결정적인 오류들이 대거 발견되었고, 이러한 변화의 근거들을 시집 어디에도 밝혀놓지 않았기 때문에 비교 판본에서 제외하였다. 정본 작업을 위한 비교 판본들은 다음과 같다.

• 기본 판본

노천명, 『현대시인전집』 2(동지사, 1949)

노천명, 『산호림』(한성도서, 1937)

1) 기준 판본 및 비교 판본

① 원발표문

② 『산호림』(한성도서, 1937)

③ 『현대시인전집』 2(동지사, 1949, 노천명 생애 처음이자 마지막 시 선집)

④ 『노천명 전집』(천명사, 1960, 노천명 사후 첫 전집, 발행인 : 김광섭, 김활
란, 변영로, 이희승)

⑤ 『노천명 시집』(서문사, 1975, 노천명 사후 첫 시 전집)

⑥ 『노천명』(김삼주 편, 문학사상사, 1997.5, 연보 · 시 · 연구논문으로 구성)

⑦ 『노천명 전집』 상(솔, 1997.7)

• 기타 참고한 노천명 전기 및 연구서

『별을 쳐다보며』(노천명, 희망출판사, 1953)

『우리 노천명—노천명 평전』(정공채, 대가출판사, 1983)

『노천명—노천명 시 전집 / 노천명 평전 / 노천명 연구논집 · 연구
자료집』(김삼주 편, 문학세계사, 1997)

『노천명—고독과 자의식 그리고 절제의 미학』(이숭원, 건국대 출판부,
2000)

『노천명 시와 기호학』(동시영, 집문당, 2005)

『노천명 시와 페미니즘』(임명숙, 한국학술정보, 2005)

『원본 노천명 시집』(문혜원 주해, 깊은샘, 2013)

2. 판본 비교 및 대조 과정에서 확인된 각 판본의 특징

『산호림』의 정본화 작업 과정에서 주요 비교 판본으로 삼은 각 판본의 특징은 다음과 같다.

② 『산호림』(한성도서, 1937)은 노천명이 자비를 내어 출판한 생애 첫 시집이다. 이 시집에는 「자화상」을 비롯한 총 49편의 시가 실려 있으며, 시집의 처음에 저자의 사진이 있다.

③ 『현대시인전집』 2(동지사, 1949)은 노천명의 두 시집 『산호림』과 『창변』에 대한 노천명 생애 첫 선집이자 마지막 선집이다. 선집이기 때문에 두 시집의 시들이 모두 포함된 것은 아니지만 시인 스스로 중요한 시의 주석을 달고 있을 만큼 심혈을 기울여 제작하였음을 밝히고 있다. 다음은 노천명이 직접 작성한 선집의 머리말 전문이다.

「自序」

어려서 病弱했던 나는 밖에 나가 동리 아이들과 휩쓸려 작난을 치기 보다는 많이 방안에 누어 있었다.

내가 좋아 하는 펑리(무과수)를 어머니가 머리 맡에다 따 놓아 두시면 이

걸 먹으며 나는 돌아누어서 병풍의 그림들과 온종일 심심치 않게 노는 것이 었다.

그림 속에는 시절을 낚는다는 낚싯대를 든 강 태공도 있고, 임금이 되라는 말을 듣고 귀를 더럽혔다고 청천강에 가 귀를 씻고 다시 소를 몰아 밭을 가는 堯舜때 백성이 있었다. (이 얘기들은 모두가 어머니에게서 들은 것이었지만)

병풍에서 이런 것들을 보며 어머니가 해주신 얘기들을 색이며 나는 늘 가만히 명상에 잠기군 했다.

사투리가 제법 거센 西北地方이었으나 서울 태성의 어머니를 갖인 나는 늘 고운 서울 말씨를 들으며 자라는 幸福을 가졌었다.

그리다가 열살이 못돼서 아버지를 여이고, 그 후 부터 나는 세상이 기쁘기 보다는 처량했다.

커서 詩를 쓰게된 것은 어찌 된 일인지 알 수 없다.

세여보니 文壇에 나온지도 어언간 十五년이 넘었다. 그동안 詩集을 몇권 냈다 하지만 하나도 부끄럼 없이 내놓을 것이 못되고 번번이 이번엔 내 투에서 좀 벗어난 것을 써 보겠다고 하나, 지어 놓고 보면 영낙 없이 또 구성지고 어째 그런 것들이다.

女人이 세상을 혼자 걸어 간다는 일이 또 진정 외롭고 구성진 事實인지도 모른다.

여기 모둔 詩가운데 1은 一九三六년에 낸 「珊瑚林」에서 추린 것들이고 2는 一九四五년 정월 第二次大戰의 渦中에서 시달리며 내논 第二詩集 「窓邊」에서 뽑은 것들이고, 解放후에 쓴 것들을 3에다 넣었다.

1에 있어서 班驢, 사슴, 강냉이 라든지 2에 있어서 길, 男사당, 墓地, 窓邊

等에 대해서는 註釋이라 할까 무엇을 좀 쓰고도 싶었지만 다른 기회로 밀고 여기선 그만 두기로 했다.

一九四九年 初正 安國洞 집에서 천명

특히 이 선집에서는 단행본에서 발표된 시와 제목이 다르거나 연과 행의 구분이 달라지는 경우, 시어의 선택이 다른 경우가 많이 발견되고 있으며, 노천명의 세 번째 시집이자 생애 최후의 시집인『별을 쳐다보며』에 몇 편이 재수록된 것을 제외하면 연구 대상 시집에 대한 시인 생애 최후의 선집에 해당하므로 정본화 작업에서 매우 중요한 판본에 해당한다. 따라서 저본은 이 선집으로 삼았으며, 선집에 실리지 못한 시는 첫 단행본인 한성도서 본을 근거로 삼았다.

④『노천명 전집』(천명사, 1960)은 김광섭, 김활란, 모윤숙, 변영로, 이희승이 발행인으로 되어 있는 노천명 사후 첫 전집이다. 노천명이 직접 작업에 참여한 동지사 본과는 달리 각 시편 중 어휘나 의미 부분에서 각주를 처리하여 해설하고 있으며, 첫 단행본을 저본으로 삼았다. 이 판본은 실제로 이후 노천명 시의 판본에 결정적인 역할을 하게 되어 일반적으로 확인되는 노천명 시집은 대체로 이 판본의 구성을 따르고 있다. 대강의 목차는 다음과 같다.

목차 : 발간사 / 산호림 / 창변 / 별을 쳐다보며 / 사슴의 노래 / 圇圖에서 / 그 외의 분 / 旣刊의 서, 후기 / 약력 / 조시 / 편자의 말 / [쥐기 / 색인

⑤『노천명 시집』(서문사, 1975)는 노천명 사후 시만을 모은 시 전집

이다. 천명사 본의 시편을 저본으로 하여 작성되어 있어서 각주의 처리 등 거의 대부분이 천명사 본과 일치하고 있다. 유고시 「흰 오후」가 실려 있는 것이 특징이다. 목차는 흰 오후 / 서문에 대신해서(이희승) / 산호림 / 창변 / 별을 쳐다보며 / 사슴의 노래 / 영어에서 / 그 외의 분 / 해설로 되어 있다.

⑥『노천명』(김삼주 편, 문학사상사, 1997)은 노천명의 연보와 시, 연구 논문 들을 함께 엮은 책이다. 저본을 무엇으로 삼았는지 밝혀놓지 않았는데, 구성이나 시의 배치상 천명사 본과 서문사 본에 일치하는 부분이 많기 때문에 이 판본 또한 앞의 두 판본을 저본으로 하였음을 확인할 수 있다. 그러나 단행본과 비교했을 때 발생한 차이점들을 각주로 밝히고 있는 앞의 두 판본과는 달리 이 판본에서는 시행과 시어, 구성 등이 달라졌음에도 그 근거를 밝히지 않고 각주도 없다. 예를 들어 『산호림』의 「자화상」은 시행에서 가장 큰 변화를 보이는데, 이렇게 자의적으로 시행을 바꾸었음에도 그 이유나 근거를 찾아볼 수 없는 판본이다. 정본화 작업을 진행하면서 확인된바, 천명사 본보다는 서문사 본에 더 비중을 두어 작성하되, 표기 부분에서 현대 표기법에 맞도록 처리한 판본으로 파악된다. 이 판본의 목차는 노천명 시 전집(『산호림』, 『창변』, 『별을 쳐다며』, 『사슴의 노래』, 「영어에서」, 그 밖의 시) / 노천명의 삶과 문학(김삼주) / 노천명 연구논집(허영자, 김재홍, 문정희) / 노천명 연구자료집(노천명 연보, 연구자료 목록)으로 되어 있다.

⑦『노천명 전집』 상(솔, 1997)은 가장 최근에 발행된 노천명 전집이다. 노천명의 시와 산문 모두를 포함하여 상·하 두 권으로 출판된 책

인데, 연구 대상 시집은 '상'권에 해당된다. 여기에 실린 각 시들은 첫 단행본을 저본으로 하였기 때문에 시의 구성이나 시어의 선택이 한성도서 본을 그대로 따르고 있다. 그러다보니 이 판본에서 페이지가 바뀌어 시행이 나누어진 부분의 경우는 행으로 구분하는 것이 아니라 연으로 구분하여 표기하는 오류가 종종 발견되는 판본이다. 거기에 덧붙여 다른 판본들과의 비교작업도 진행되어 있는데, 주로 노천명의 세 번째 시집인 『별을 쳐다보며』에 재수록된 부분들과 비교하고 있다. 『별을 쳐다보며』에는 『산호림』에서 「자화상」, 「사슴」, 「연잣간」, 「들국화」, 「황마차」, 「조춘(봄)」, 「아내(단상)」, 「제야(그믐날)」의 8편, 『창변』에서 「길」, 「남사당」, 「푸른 오월」, 「소녀」, 「춘분」, 「향수」, 「고향(망향)」, 「돌잡이」, 「춘향」, 「잔치」, 「여인부」의 11편, 총 19편이 재수록되어 있는데, 단행본과 비교했을 때 제목이 달라지거나 시행이 달라지는 경우가 발견되는데, 이 판본에서는 그 부분을 각주로 설명하고 있다. 『별을 쳐다보며』가 노천명 생애 마지막 시집이기 때문에 재수록된 작품들을 참고하는 일은 반드시 필요한 일이지만, 두 시집의 시가 총 78편인데, 그중 19편만을 선별한 판본에 대한 비교분석은 정본화 작업에 큰 참고가 되지 못한다. 그리고 가장 현대 표기법에 근거해 시어를 고쳤으나, 방언과 시인의 자의적 시어 등은 그대로 두어 시어의 의미를 살렸으며, 시어의 해석도 각주로 처리하여 설명하고 있다.

각 판본을 정리하자면, 첫 단행본인 한성도서 본 『산호림』과 최근 전집인 『노천명 전집』 상의 구성이 같으며, 첫 단행본의 구성을 따르

되『현대시인전집』2를 참고한 노천명 사후 첫 전집『노천명 전집』과
첫 시 전집인『노천명 시집』, 전집 겸 연구서인『노천명』이 서로 같은
모습을 보이고 있다. 따라서 저본으로 삼은 첫 선집인『현대시인전집』
2를 기준으로 하여 첫 단행본인 한성도서 본을 참고하여 정본 작업을
진행하였다.

3. 원전비평 진행과정

『산호림』에 대한 원전비평과 정본화 작업의 목적은 시인이 발표한
시의 호흡과 감성을 훼손하지 않으면서도 현대적 감성에 맞는 정본을
수립하는 것이다. 이에 따라 시인의 의도가 명백한 판본을 저본으로
하여 다른 판본들을 비교하면서 그 변화를 살펴보고 그 사이 발견되는
오류들을 수정하면서 신뢰할 수 있는 정본을 확정하고자 하였다. 정본
확정의 과정은 다음과 같은 작업으로 진행되었다.

1) 판본 대조

각 판본들을 면밀히 대조하면서 그 사이에서 발견되는 차이와 변화
들을 정리하였다. 「자화상」의 처음 2행을 예로 들면 다음과 같다.

1연 1행

다섯 자 한 치 오 푼 키에 두 치가 부족한 불만이 있다. 부얼부얼한

맞은 전혀 잊어버린 얼굴이다. 몹시 차보여서 좀체로 가까이 하기 어려워한다.

②五尺一寸五分키에 二寸이 부족한 不滿이 있다. 부얼 부얼한 맛은 전혀 잊어버린 얼굴이다. 몹시 차보여서 좀체로 갓가히 하기 어려워 한다.

③ 대자한치 오푼키에 두치가 부족한 不滿이있다 부얼 부얼한 맛은 전혀 잊어버린 얼굴이다. 몹시 차보여서 좀체로 가까이 하기 어려워 한다.

④ 대자 한치 오푼 키에 두치가 모자라는(1) / 불만이 있다. 부얼부얼한 맛은 전혀 / 잊어버린 얼굴이다 / 몹시 차 보여서 좀체로 가까이 하기를(2)

⑤ 대자 한치 오푼 키에 두치가 모자라는(1) / 불만이 있다. 부얼부얼한 맛은 전혀 / 잊어버린 얼굴이다 / 몹시 차 보여서 좀체로 가까이 하기를(2)

⑥ 대자 한치 오푼 키에 두치가 모자라는 불만이 있다 / 부얼부얼한 맛은 전혀 잊어버린 얼굴이다 / 몹시 차 보여서 좀체로 가까이 하기를 어려워한다

⑦ 오 척 일 촌 오 푼 키에 이 촌이 부족한 불만이 있다. 부얼부얼한 맛은 전혀 잊어버린 얼굴이다 몹시 차보여서 좀체로 가까이하기 어려워한다.

(④와 ⑤에 삽입된 번호는 해당 판본의 엮은이가 적어 넣은 각주 번호이다.)

1연 2행

그린 듯 숱한 눈썹도 큼직한 눈에는 어울리는 듯도 싶다마는……

② 거린 듯 숫한눈섭도 큼직한 눈에는 어울리는듯도 싶다만은……

③ 그린 듯 숫한 눈썹도 큼직한 눈에는 어울리는듯도 싶다만은……

④ 어려워 한다. 그린 듯 숱한 눈섭로 / 큼직한 눈에는 어울리는 듯도 싶다 / 만은 —

⑤ 어려워 한다. 그린 듯 숱한 눈썹도 / 큼직한 눈에는 어울리는 듯도 싶다 / 만은 —

⑥ 그린 듯 숱한 눈썹도 큼직한 눈에는 어울리는 듯도 싶다만은 —

⑦ 그린 듯 숱한 눈썹도 큼직한 눈에는 어울리는 듯도 싶다마는……

첫 발표지가 밝혀지지 않은 「자화상」의 1행을 보면, 첫 시집에서 "오척(五尺)"으로 적고 있는데, 저본인 동지사 본에서는 "대자"로 바뀌어 있다. 이 어휘는 "오척"의 한글 표현이기 때문에 현대 표기법에 의거하여 "다섯 자"로 확정하였다. 시행의 경우도, 첫 단행본과 저본인 동지사 본에서는 1행을 하나의 행으로 처리하였으나, 천명사 본과 서문사 본에서는 행을 잘게 나누어 4행으로 구분하고 있다. 이렇게 각 판본에서 발견되는 시행의 변화를 추적하여 저본을 근거로 시행의 정본을 확정하였다.

2) 시 제목의 확정

노천명의 시 중에는 각 판본 별로 제목이 달라지는 시가 있다. 『산호림』에서는 「옥서촉」/「강냉이」, 「소녀」/「봄」이 여기에 해당하는데, 첫 단행본에서는 모두 「옥서촉」과 「소녀」로 되어 있다. 저본으로 삼은 동지사 본에서는 각각 「강냉이」와 「봄」으로 바뀐다. 저본을 제외한 나머지 판본에서도 별다른 문제의식 없이 첫 단행본을 그대로 따라서 옥수수의 한자어 '옥촉서'의 오식인 '옥서촉'을 제목으로 하고 있는데, 여기서는 저본에 의거하여 「강냉이」와 「봄」으로 제목을 확정하였다.

3) 혼동되는 시어와 시 전체의 구성에 대한 확정

노천명의 시는 각 판본에 따라 다른 시어가 사용되기도 하고 연과 행의 구성이 달라지는 모습을 보인다. 여기서는 저본인 동지사 본을 근거로 하여 연과 행의 구성을 확정하였으며, 혼동되고 있는 시어 또한 각 판본의 비교를 통해 하나로 확정하였다. 「교정」을 예로 들면, 3연 4행은 판본에 따라 "붉은 깃발"에서 "이국 깃발"로 바뀌는데, 첫 단행본을 근거로 하면서 시의 의미를 고려하여 "붉은 깃발"을 정본으로 하였다. 시의 구성에 대해서는 「황마차」의 예를 보면 한성도서 본과 동지사 본은 2연으로 되어 있고, 천명사 본과 서문사 본은 3연으로, 솔 본은 4연으로 구성하였는데, 한성도서 본의 경우 페이지가 나누어진 부분을 연의 구분으로 보느냐에 따라 2연이 될 수도 있고, 4연이 될 수도 있다. 그러나 저본인 동지사 본에서는 명확하게 2연으로 구분하고 있고, 첫 단행본의 여백을 면밀히 검토한 결과 이 시는 전체 2연으로 확정하였다. 「장날」도 총 1연 9행의 구성을 하고 있는 저본에 따라 시행을 확정하였다.

4) 오류의 수정

가장 먼저 수정된 것은 첫 발표 지면의 오류이다. 『산호림』에 있는 「네 잎 클로버」는 「그 이름 물망초라기에」라는 제목으로 『이화』 5호 (1933)에 발표되었다고 알려져 있으나, 실제 발표된 지면은 『이화』 1934년 5월호이다. 또한 「가을날」은 『조선중앙일보』 1934년 9월 23일에 발표된 「가을아츰」과 유사하다고 되어 있으나, 시의 구성과 표현을 분석해볼 때 원 발표작으로 보는 것이 타당하다. 따라서 정본 작업에서 원 발표작으로 설정하여 개별 판본 비교에 적용하였다. 그 외 시어의 오류와 행간의 오류들은 모두 각주로 처리하여 수정 사실을 밝혀 두었다.

5) 현대 표기법보다 시적 의미와 어감, 호흡을 기준으로

시가 갖는 장르적 특성상 현대 표기법을 적용하였을 때 시어의 의미가 달라지거나 그 감성이 살아나지 못하는 경우가 있다. 특히 여성 시인의 대표 격인 노천명의 경우, 그만이 사용하는 독특한 시어들이 있는데 이것들을 현대 표기법으로 바꾸면 그 의미와 어감이 매우 달라진다. 따라서 다양한 나물의 이름과 식물 이름, 그것의 방언 등은 모두 저본의 표기를 그대로 따르기로 하였다.

4. 정본 확정을 위한 판본 비교의 기준

① 저본 : 노천명 생애 첫 시 선집에 해당하는 1949년 『현대시인전집』2(동지사)를 저본으로 한다. 따라서 시의 전체적 편제 및 구체적 연과 행의 구분은 모두 이 판본에 따른 것이다. 다만 선집의 성격상 누락된 시들은 첫 단행본을 근거로 하였다.

② 표기 : 정본의 표기법은 현대 표기법을 기준으로 한다.

다만, 사전에 나와 있지 않는 단어나 시인의 독특한 표현, 혹은 시적 어감이 보다 더 효과적이라고 판단되는 경우는 예외로 삼고 각주로 처리한다. 또한 현대 표기법에 어긋나더라도 시어의 음절수는 시의 리듬과 관련된 부분이기 때문에 바꾸지 않으며, 필요한 경우 고어나 방언 역시 그대로 남겨두고 각주로 처리한다.

③ 한자 : 시의 모든 한자는 대부분 국어로 바꾸되, 필요한 경우는 괄호 속에 병기한다.

④ 어휘풀이 : 어휘풀이는 각주에서 다루기로 한다. 국어사전을 기본으로 하며, 사전에 없는 단어인 경우는 연구자들의 해석과 참고자료들을 통해 그 의미를 추적하여 적는다.

⑤ 장음의 효과를 지닌 문장부호 '–' : 여기서는 장음의 음운적 효과보다 시 자체의 시각적 효과를 인정하여 그대로 사용하기로 한다.

창변

窓邊

길

솔밭 사이로 솔밭 사이로 걸어[1] 들어가자면
불빛이 흘러나오는 고가(古家)가 보였다

거기―
벌레 우는 가을이 있었다
벌판에 눈 덮인 달밤도 있었다

흰 나리꽃이 향을 토하는 저녁
손길이 흰 사람들은
꽃술[2]을 따 문 병풍의
사슴을 이야기했다

솔밭 사이로 솔밭 사이로 걸어가자면

---

1 노천명 사후 첫 전집인 『노천명 전집』(천명사, 1960)과 시만 모아놓은 『노천명 시집』(서문사, 1975), 그리고 노천명 평전과 전집 결합형식인 『노천명』(문학사상사, 1997)에서는 이 시어가 생략되어 있는데 그 이유를 밝히지 않았다. 『창변』 판본에 대한 비교분석의 구체적인 내용은 시집 말미 첨부된 해제에서 자세하게 다루었다.
2 꽃술 : 꽃의 수술과 암술을 함께 일컫는 말.

지금도

전설처럼—

고가에[3] 불빛이 보이련만

숱한 이야기들이 생각날까봐[4]

몸을 소스라침은

비둘기같이 순한 마음에서—[5]

---

3 저본인 『현대시인전집』 2를 제외한 나머지 판본에서는 "古家엔"으로 되어 있다. 여기서는 저본에 따라 "고가에"로 확정한다.

4 노천명 사후 첫 전집과 그 이후의 판본에서는 이 행이 생략되어 있는데, 그 이유를 밝히지 않았다. 이 행은 첫 시집을 저본으로 삼은 가장 최근 판본인 『노천명 전집』 상(솔, 1997)에서 다시 나타난다.

5 『노천명 전집』과 『노천명 시집』, 『노천명』에서는 이 행이 "숱한 이야기들이 머리를 들어서"로 되어 있다.

망향(望鄕)[6]

언제든 가리라

마지막엔 돌아가리라

목화꽃이 고운 내 고향으로―[7]

아이들이 하눌타리[8] 따는 길 머리론

학림사(鶴林寺)[9] 가는 달구지가 조을며 지나가고

대낮에 뻐꾸기[10]가 우는 산골

등잔 밑에서

---

6 이 시는 1940년 6월 『인문평론』에 처음 발표되었다. 판본에 따라 시 제목이 「고향」이기 때문에 제목의 혼동이 있으나, 처음 발표할 때와 최초 시집을 묶어낼 때, 그리고 저본의 제목이 『망향』이기 때문에 이것으로 제목을 확정한다.

7 노천명 사후 판본에는 이 시행 뒤에 "조밥이 맛있는 내 본향으로"라는 시행이 첨부되어 있다.

8 하눌타리 : 박과의 여러해살이 덩굴풀. 7～8월에 자주색 꽃이 잎겨드랑이에 피고 열매는 공 모양으로 누렇게 익는다. 과육은 화장품 재료로 쓰고 덩이뿌리와 씨는 약용한다.
가장 최근 판본인 『창변』(이프리북스, 2013.8)에서는 "한울타리"로 적고 있는데, 이 단어는 사전에 없는 단어로, "하눌타리"의 명백한 오기(誤記)이다.

9 학림사(鶴林寺) : 학림사지(鶴林寺址). 황해도 장연군에 위치하며, 신라 눌지왕 때 아도화상(阿道和尚)에 의해 창건된 한국 최초의 사찰이 세워졌던 곳.
가장 최근 판본인 『창변』(이프리북스, 2013.8)에서는 "계림사"로 되어 있는데, 노천명의 고향이 황해도임을 감안하면 "학림사"가 맞다. 이 판본은 노천명의 시집 중에서 가장 최근에 출판되었음에도 불구하고 시어의 오류와 시행의 구분 등에 상당히 많은 문제가 발견되고 있어서 비교 판본에서 제외하였다.

10 저본인 『현대시인전집』 2를 제외하고는 처음 발표될 때 "잔나비", 이후에는 "여우"로 되어 있다. 여기서는 저본에 따라 "뻐꾸기"로 확정한다.

딸에게 편지 쓰는 어머니도 있었다

둥굴레산에 올라 무릇[11]을 캐고
접중화[12] 싱아[13] 뻐꾹채[14] 장구채[15] 범부채[16] 마주재[17] 기룩이[18]
도라지 체니곰방대[19] 곰취 참두릅[20] 개두릅[21]을 뜯는 소녀들은
말끝마다 '쫘' 소리를 찾고
개암[22] 살을 까며 소년들은
금방망이 놓고 간 도깨비 얘길 즐겼다

---

11 무릇 : 백합과의 여러해살이 풀. 파, 마늘과 비슷한데 봄에 비늘줄기에서 마늘잎 모양의 잎이 두
    세 개가 난다. 어린잎과 비늘줄기는 식용한다. 밭과 들에 저절로 나는데, 구황 식물로 아시아 동
    북부의 온대에서 아열대까지 널리 분포한다.
12 접중화 : '접시꽃'의 북한어.
13 싱아 : 여뀟과의 여러해살이 풀. 6~8월에 흰 꽃이 총상(總狀) 꽃차례로 줄기 끝에 피고 열매는
    수과(瘦果)이며 세모지고, 어린잎과 줄기는 식용한다. 산록에서 흔히 자라는데 한국, 중국 등지
    에 분포한다.
14 뻐꾹채 : 국화과의 여러해살이 풀. 6~8월에 홍자색 꽃이 줄기 끝에 하나씩 피고 열매는 수과(瘦
    果)로 갓털이 있다. 어린잎은 식용하거나 약용한다. 산이나 들에 나는데 한국, 만주, 시베리아
    등지에 분포한다.
15 장구채 : 석죽과의 두해살이 풀. 7월에 흰 꽃이 잎겨드랑이와 줄기 끝에 취산(聚繖) 꽃차례로 피
    고 열매는 삭과(蒴果)이다. 어린잎과 줄기는 식용하고 씨는 약용한다. 한국, 일본, 중국, 동부 시
    베리아 등지에 분포한다.
16 범부채 : 붓꽃과의 여러해살이 풀. 7~8월에 누런 붉은색에 짙은 반점이 있는 꽃이 산상(傘狀)
    꽃차례로 피고 열매는 삭과(蒴果)로 타원형이다. 뿌리줄기는 '사간(射干)'이라고 하여 약재로
    쓴다. 관상용이고 산지(山地)나 바닷가에 저절로 나는데 한국, 일본 등지에 분포한다.
17 마주재 : 식물의 이름인 듯하나 분명한 뜻을 알 수 없다.
18 기룩이 : 사전에 없는 단어. 모싯대를 일컫는 북한 말인 '게로기'가 아닐까 추측된다.
19 체니곰방대 : '체니'는 '처녀'라는 뜻의 황해도 사투리이며, '곰방대'는 담배를 피울 때 쓰는 짧은
    파이프를 이르는바, 곰방대 비슷한 모양의 풀이 아닐까 추측된다.
20 참두릅 : 두릅나무.
21 개두릅 : 음나무 가지에 돋은 새순.
22 개암 : 개암나무의 열매. 모양은 도토리 비슷하며 껍데기는 노르스름하고 속살은 젖빛이며 맛은
    밤 맛과 비슷하나 더 고소하다.

목사가 없는 교회당

회당지기 전도사가 강도(講道)²³상을 치며 설교하던 촌

그 마을이 문득 그리워

아라비아서 온 반마(斑馬)²⁴처럼

향수에 잠기는 날이 있다

언제든 가리

나중엔 고향 가 살다 죽으리

모밀꽃이 하이얗게 피는 곳

조밥과 수수엿이 맛있는 고을²⁵

나뭇짐에 함박꽃을 꺾어 오던 총각들

서울 구경이 소원이더니

차를 타보지 못한 채 마을을 지키겠네

꿈이면 보는 낯익은 동리

우거진 덤불[叢]에서

찔레 순을 꺾다 나면 꿈이었다

남사당

나는 얼굴에 분[26]을 하고

삼단 같이 머리를 따내리는[27] 사나이

초립(草笠)[28]에 쾌자(快子)[29]를 걸친 조라치[30]들이

날라리[31]를 부는 저녁이면

다홍 치마를 두르고 나는 향단이가 된다

이리하여 장터 어느 넓은 마당을 빌어

램프 불을 돋운 포장 속에선

내 남성(男聲)이 십분 굴욕된다

산 넘어 지나온 저 촌엔

은반지를 사주고 싶은

---

26 노천명 사후 판본에서는 모두 "분칠"로 바뀐다.

27 따내리는 : 땋아 내린.

28 초립(草笠) : 예전에, 주로 어린 나이에 관례를 한 사람이 쓰던 갓. 썩 가늘고 누런 빛깔이 나는 풀이나 말총으로 결어서 만들었다.

29 쾌자(快子) : 소매가 없고 등솔기가 허리까지 트인 옛 전투복. 근래에는 복건과 함께 명절이나 돌에 어린아이가 입는다.

30 조라치 : 조선시대 군대에서 소라를 불던 취타수의 하나.

31 날라리 : 태평소.

고운 처녀도 있었건만

다음 날이면 떠남을 짓는
처녀야
나는 집시의 피였다
내일은 또 어느 동리로 들어간다냐

우리들의 소도구를 실은
노새의 뒤를 따라
산딸기의 이슬을 털며
길에 오르는 새벽은

구경꾼을 모으는 날라리 소리처럼
슬픔과 기쁨이 섞여 핀다

작별

어머니가 떠나시던 날도[32] 눈보라가 날렸다

언니는 흰 족두리를 쓰고
오라버니는 굴관(屈冠)[33]을 하고
나는 흰 댕기 늘인 삼또아리[34]를 쓰고

상여가 동리를 보고 하직하는
마지막 절을 하는 걸 봐도
나는 도무지 어머니가
아주 가시는 것 같지 않았다

그 자그마한 키를 하고―
산엘 갔다 해가 지기 전
돌아오실 것만 같고[35]

---

32 첫 단행본인 『창변』에는 "날"로만 되어 있고, 저본에는 "날도", 노천명 사후 판본에는 "날은"으로
    되어 있다. 여기서는 저본을 따라 "날도"로 확정한다.
33 굴관(屈冠) : 굴건. 상주가 상복을 입을 때에 두건 위에 덧쓰는 건.
34 삼또아리 : 삼으로 만든 똬리. 여자 상주가 머리가 쓰는 새끼끈.

다음 날도 다음 날도 나는

어머니가 들어오실 것만 같았다

---

35 저본을 제외한 나머지 판본에는 "같았다"로 되어 있는데, 여기서는 저본을 따라 "같고"로 확정하
였다.

푸른 오월

청잣빛 하늘이

육모정[36] 탑 위에 그린 듯이 곱고

연당[37] 창포 잎에

여인네 맵시[38] 위에

첫여름이 흐른다

라일락 숲에

내 젊은 꿈이 나비처럼 앉는 정오

계절의 여왕 오월의 푸른 여신 앞에

내가 웬일로 무색하고 외롭구나

밀물처럼 가슴속으로 몰려드는 향수를[39]

어찌하는 수 없어

눈은 먼데 하늘을 본다

---

36 육모정 : 육각형의 정자.
37 연당 : 연못.
38 노천명 사후 판본에는 "행주치마"로 바뀌는데, 여기서는 저본에 따라 "맵씨"로 확정한다.
39 노천명 사후 판본에는 "것을"로 되어 있는데, 여기서는 저본에 따라 "향수를"로 확정한다.

기인 담을 끼고 외진 길을 걸으며 걸으며[40]

생각이 무지개 모양 핀다[41]

풀 냄새가 물큰

향수(香水)보다 좋게 내 코를 스치고

청머루 순이 뻗어 나오던 길섶

어디선가 한나절 꿩이 울고

나는 활나물[42] 홑잎나물 젓갈나물

참나물 고사리를 찾던

잃어버린 날이 그립지 아니한가[43] 나의 사람아

아름다운 노래라도 부르자

아니 서러운 노래를 부르자

보리밭 푸른 물결을 헤치며

종다리[44] 모양 내 맘은

하늘 높이 솟는다

오월의 창공이여

---

40 노천명 사후 판본에는 "걸으면"으로 바뀌는데, 여기서는 저본에 따라 "걸으며 걸으며"로 확정한다.

41 노천명 사후 판본에는 이 시행이 "생각은 무지개로 핀다"로 되어 있는데, 여기서는 저본에 따라 "생각이 무지개 모양 핀다"로 확정한다.

42 활나물 : 콩과의 한해살이 풀. 7~9월에 자줏빛 꽃이 총상 화서로 줄기 끝에 피고 열매는 협과(莢果)를 맺는다. 풀밭에서 자라는데 한국, 동부 아시아, 말레이, 인도 등지에 분포한다.

43 노천명 사후 판본에는 "그립구나"로 되어 있는데, 여기서는 첫 단행본과 저본에 따라 "그립지 아니한가"로 확정한다.

44 종다리 : 종달새.

나의 태양이여

첫눈

은빛 장옷[45]을 길게 끌어

온 마을을 희게 덮으며

나의 신부가

이 아침에 왔습니다

사뿐 사뿐 걸어

내 비위에 맞게 조용히 들어왔습니다

오래간만에

내 마음은

오늘 노래를 부릅니다[46]

자– 잔들을 높이 드시오

빨간 포도주를

내가 철철 넘게 치겠소

45　장옷 : 예전에 여자들이 나들이할 때에 얼굴을 가리느라고 머리에서부터 길게 내려 쓰던 옷.

46　첫 단행본인 『창변』에는 이 시행 뒤에 "이저버렷든 노래를 부릅니다"가 있는데, 저본을 비롯한
　　이후 판본에서는 이 시행이 생략되었다.

이 좋은 아침
우리들은 다 같이 아름다운 생각을 합시다

일하는 이[47]도 꾸짖지 맙시다
애기들도 울리지 맙시다

---

47 저본을 제외한 나머지 판본에서는 "종도"로 되어 있는데, 여기서는 저본에 따라 "일하는 이"로
확정한다.

장미

맘속 붉은 장미를 우지지끈 꺾어 보내놓고–
그날부터 내 안에선 번뇌가 자라다
늬 수정 같은 맘에
나
한 점 티 되어 무겁게 자리하면 어찌하랴
차라리 얼음같이 얼어버리련다
하늘 보며 나무 모양 우뚝 서버리련다
아니
낙엽처럼 섧게 날아가버리련다

소녀[48]

뺨이 능금 같을 뿐 아니라

다리가 씨름꾼 같애

내가 슬그머니

질투를 느낌은

그 청춘이 내게 도전하는 까닭이다

새날[49]

고운 아침입니다

파아란 하늘 아래

기와들이 유난히 빛나고–

마음속엔 한아름 장미가 피어오릅니다

오랜만에

부드러운 정과 웃음과 흥분 속에 다시

사람들은 안에서 '희망'이

포기포기 무성하고

나 이제 호수 같은 마음자리를 하고

조용히 남창(南窓)을 열어 수선(水仙)[50]과 함께

---

49 이 시는 저본인 『현대시인전집』 2에는 빠져있기 때문에 정본 작업을 위해서 첫 단행본인 『창변』
    을 근거로 하였다.
50 수선(水仙) : 수선화.

'새날'의 다사로운 날빛을 함뿍 받으렵니다

묘지

이른 아침 황국(黃菊)⁵¹을 안고

산소를 찾은 것은

가랑잎이 빨가니 단풍 드는 때였다

이 길을 간 채 그만 돌아오지 않은

너⁵²

슬프다기보다는 아픈 가슴이여

흰 패목(牌木)⁵³들이

서러운 악보처럼 널려 있고

이따금 빈 우차(牛車)가 덜덜대며 지나는

호젓한 곳

황혼이 무서운 어둠을 뿌리면

내 안에 피어오르는

---

51 황국(黃菊) : 노란 국화꽃.
52 저본인 『현대시인전집』 2에서만 "너"를 하나의 시행으로 배치하였고, 나머지 판본에서는 앞의
    행에 포함시켰기 때문에 전체적으로 시행의 수가 달라진다. 여기서는 저본의 구성을 따랐다.
53 패목(牌木) : 팻말.

산모퉁이 한 개 무덤
비애가 꽃잎처럼 휘날린다

저녁[54]

나이 갓마흔에도 장가를 못간 칠성이가
엄백이[55] 짚신을 삼는 사랑 웃구들에선

저녁마다 몰이꾼들이 뫼고[56]
고담책(古談冊)[57] 읽는 소리가 들리고

밤이 이슥해 찹쌀개가 짖어서 보면
국수들을 시켰다

---

54 이 시는 저본인『현대시인전집』2에는 빠져있기 때문에 정본 작업을 위해서 첫 단행본인『창변』
   을 근거로 하였다.
55 엄백이 : 음배기. 짚으로 험하게 막 삼은 짚신.
56 뫼고 : 모이고.
57 고담책(古談冊) : 옛이야기가 적혀 있는 책.

한중(汗蒸)[58]

헌 털베[59]로 벌거숭이 몸을 가린 내인들이

지친 인어처럼 늘어졌다

하나같이 낡은 한증 두께가

거렁뱅이들을 만들어 놨다

용로(熔爐)[60]같이 뻘―겋게 단 한증 안은

불지옥엘 온 것 같다

무덤 속도 같다

숨이 턱턱 막히는데

어느 구석에선

'감내기'[61]를 명주실처럼 뽑아낸다

---

58 이 시의 제목은 첫 단행본인 『창변』에는 "한정", 사후 판본은 모두 "한증"으로 되어있다. 저본인
    『현대시인전집』 2에는 이 시가 빠져있기 때문에 정본 작업을 위해서 『창변』을 근거로 하였는
    데, 시의 의미 상 제목은 "한증"이 적합하다고 판단하여 이것으로 확정하였다.
59 털베 : 사전에 없는 단어. 한증할 때 사용하는 것으로, 베의 조직이 성겨서 털이 비죽이 올라온
    모양의 천조각을 의미하는 듯하다.
60 용로(熔爐) : 용광로.

나는
뻘건 천정(天井)이 대자꾸[62]
무서워진다

수수 깜부기[63]

깜부기는 비가 온 뒤라야 잘 팼다

아이들이 깜부기를 찌러

참새 떼처럼 수수밭으로들 밀려갔다

밭고랑에 가 들어서

꼭대기를 쳐다보다

희끗 깜부기를 찾아내는 때는

수숫대는 사정없이 휘며 숙여졌다

깜부기를 먹고 난 입은

까아매 자랑스러웠다

촌경(村景)[64]

구릿빛 팔에 쇠스랑을 잡고
밭에 들어 검은 흙을 다듬는 낮[65]

보기 좋게 낡은 초가집 영마루엔
봄이 나른히 기고–
울파주[66] 밖으론
살구꽃이 흐드러지게 웃는다

잔치

호랑 담요를 쓰고 가마가[67]

웃동리서 아랫몰[68]로 내려왔다

차일(遮日)[69]을 친 마당 멍석[70] 위엔

잔치 국수상이 벌어지고

상을 받은 아주머니들은

이차떡[71]에 절편에 대추랑 밤을 수건에 쌌다

대례(大禮)[72]를 지내는 마당에선

활옷을 입은 색시보다도 나는

그 머리에 쓴 칠보족두리가 더 맘에 있었다

---

67 노천명 사후 판본에는 이 시행 앞에 "청사 초롱을 들리우고"라는 시행이 있다.

68 아랫몰 : 아랫마을.

69 차일(遮日) : 햇볕을 가리기 위하여 치는 포장.

70 노천명 사후 판본에서는 "집마당"으로 바뀌는데, 여기서는 저본에 따라 "마당 멍석"으로 확정한다.

71 이차떡 : 인절미의 평안 방언.

72 대례(大禮) : 혼인을 치르는 큰 예식.

추성(秋聲)[73]

플라타너스의 표정이 어느 틈에 이렇게 달라졌나

하늘을 쳐다본다
청징(清澄)[74]한 바닷가에 다시 은하가 맑다
눈을 땅으로 떨어트리며
내가 당황하다

여인부(女人賦)

미용사에게

결발(結髮)[75]을 익히는 대신—

무릇 여인이어

'온달'에게서 '바보'를 배우라

총명한 데에 여인은

가끔 불행을 지녔다

진실로 아리따운 여인아

네 생각이 높고 맑기

저 구월의 하늘 같고

가슴에 지닌 향낭(香囊)[76]보다

너는 언제고 마음이 향기로워라

여인 중에

학처럼 몸을 갖는 이가 없느냐

---

75 결발(結髮) : 예전에 관례를 할 때 상투를 틀거나 쪽을 찌던 일. 또는 그렇게 한 머리.
76 향낭(香囊) : 향주머니.

물가 그림자를 보고
외로워도 좋다

해연(海燕)⁷⁷은 어디다
집을 짓는지 아느냐

향수(鄕愁)[78]

오월의 낮차가

배추꽃이 노오란 마을을 지나면

문득

싱아를 캐던 고향이 그리워

타관(他官)[79]의 산을 보며

마음은

서쪽 하늘의 구름을 따른다

78　이 시는 1942년 8월 『춘추』에 처음 발표되었다.

79　타관(他官) : 타향. 노천명 사후 판본에서는 "타향"으로 바뀌는데, 여기서는 저본에 따라 "타관"
　　으로 확정하였다.

돌잡이[80]

수수경단에 백설기 대추송편에 꿀편

인절미를 색색이로 차려놓고

책에 붓에 쌀에 은전 금전

갖은 보화를 그뜩 싸논[81] 돌상 위에

할머니는 사리사리 국수를 놓으며

명복을 비시고

할아버진 청실 홍실을 늘인 활을 놔주셨다

온 집안사람의 웃는 눈을 받으며

전복[82]에 복건[83] 쓴 애기가 돌을 잡는다

---

80 이 시는 저본인 『현대시인전집』 2에는 빠져있기 때문에 정본 작업을 위해서 첫 단행본인 『창변』을 근거로 하였다.

81 싸논 : 쌓아 놓은. 시어의 리듬감을 살리기 위해 현대 표기법을 적용하지 않았다.

82 전복(戰服) : 조선 후기에, 무관들이 입던 옷. 깃, 소매, 섶이 없고 등솔기가 허리에서부터 끝까지 트여 있다. 고종 때에 소매가 넓은 옷을 못 입게 하면서 문무 관리들이 평상복으로 입게 되었고 오늘날에는 어린이들이 명절에 입기도 한다.

83 복건 : 도복(道服)에 갖추어서 머리에 쓰던 건(巾). 검은 헝겊으로 위는 둥글고 뾰죽하게 만들었으며, 뒤에는 넓고 긴 자락을 늘어지게 대고 양옆에는 끈이 있어서 뒤로 돌려 매게 되어 있다.

고사리 같은 손은 문장[84]이 된다는 책가[85]를 스쳐

장군이 된다는 활을 꽉 잡았다

---

84 문장(文章) : 문장가.
85 책가 : 책 주변.

춘향(春香)

검은 머리채에 동양 여인의 '별'이 깃들이다

"도련님 인제 가면 언제나 오실라우 벽에 그린 황계[86] 짧은 목
길게 늘여 두 날개 탁탁 치고 꼬꼬하면 오실라우
계집의 높은 절개 이 옥지환과 같은 것이오 천만년이 지내간들
옥빛이야 변할납디여"
옥가락지 위에 아름다운 전설을 걸어놓고
춘향은
사랑을 위해 달게 형틀을 썼다

옥 안에서 그는 춘(椿)꽃[87] 보다 더 짙었다

밤이면 삼경을 타 초롱불을 들고 향단이가 찾았다
춘향 "야야 향단아 서울서 뭔 지별[88] 없디야"

---

86 황계(黃鷄) : 털빛이 누런 닭.
87 춘꽃 : 참죽나무(椿)의 꽃.
88 지별 : 기별. 소식. 여기서는 구어체의 느낌을 살리기 위해 현대 표기법을 적용하지 않았다.

향단 "지별이라우? 동냥치 중에 상동냥치 돼 오셨어라우"
춘향 "야야 그것이 뭔 소리라냐— 행여 나 없다 괄세[89] 말고 도련
님께 부디부디 잘해드려라"

무릇 여인 중
너는
사랑할 줄 안
오직 하나의 여인이었다

눈 속의 매화 같은 계집이여
칼을 쓰고도 너는 붉은[90] 사랑을 뱉어버리지 않았다
한양 낭군 이도령은 쑥스럽게
'사또'가 되어 오지 않아도 좋았을 게다

---

89 괄세 : 괄시.
90 노천명 사후 판본에서는 이 시어가 생략되어 있는데, 여기서는 저본에 따라 "붉은"을 넣었다.

창변(窓邊)

서리 내린
지붕 지붕엔 밤이 앉고

그 안엔 꽃다운 꿈이 뒹굴고

뉘 집인가 창이 불빛을 한입 물었다[숨]
눈 비탈이
하늘 가는 길처럼 밝구나

그 속에 숱한 얘기들을 줍고 있으면
어려서 잊어버린 '집'이 살아났다

창으로 불빛이 나오는 집은 다정해
볼수록 정다워

저 안엔 엄마가 있고
아버지도 살고

그리하여 형제들은 다행(多幸)하고—

마음이 가난한 이는 눈을 모아

고운 정경을 한참 마시다—

아늑한 '집'이 온갖 시간에 빌어졌다[91]

친정엘 간다는 새댁과 마주 앉은

급행열차 밤 찻간에서도

중년신사는 나비넥타이를 찾고

유복한 부인은 물건을 온종일 고르고

백화점 소녀는 피곤이 밀린 잡답(雜沓)[92] 속에서도

또 어느 조그만 집 명절 떡 치는 소리를 들으면서도

기댈 데 없는 외로움이 박쥐처럼 퍼덕이면

눈 감고

가다가 슬프면 하늘을 봤다

---

91 첫 단행본과 저본에서는 "빌어졌다"인데, 이후 판본에서는 모두 "벌어졌다"로 되어 있다. 시의
    의미 상 불빛이 보이는 집을 바라보며 시인이 행복하고 단란한 가족을 상상하고 기원하는 부분
    이기 때문에 여기서는 저본에 따라 "빌어졌다"로 확정하였다.
92 잡답(雜沓) : =분답(紛沓). 사람들이 많이 몰려 북적북적하고 복잡함. 또는 그런 상태.

춘분(春分)[93]

한 고방[94] 재어놨던 석탄이 쿵하니 나간 자리
숨었던 봄이 드러났다

"얼래 시골은 지금 뱜[95] 나왔갰늬이"

남쪽 계집아이는 제 집이 생각났고
나는 고양이처럼 노곤하다[96]

---

93 이 시는 1940년 4월 『인문평론』에 처음 발표되었다.
94 고방(庫房) : '광'의 원말.
95 뱜 : 뱀. 시어의 리듬감을 살리기 위해 현대 표기법을 적용하지 않았다.
96 처음 『인문평론』에 발표될 때에는 이 시행 뒤에 2연이 더 추가되어 있는데, 그 전문은 다음과 같다.
　　장속에서 끄내보는 봄옷들은
　　곰은빛이 슬프고……

　　어제오늘 시름없는 맘
　　낯선 하늘
　　외로운魂
　　토롯도
　　를 생각한다.

동기(同氣)

언니와

밤을 밝히던 새벽은

'성사(聖赦)'를 받는 것 같아

내 야윈 뺨엔 눈물이 비 오듯 했다

지금도 생각하면 눈이 뜨거워 –

언니가 보고지워[97] 떠나가는 날은

천릿길을 주름잡아 먼 줄을 몰라

감나무 집집이 빠알간 남쪽

말들이 거세어 이방(異邦)도 같건만

언니가 산대서

그곳은 늘상 마음에 그리운 곳

오늘도 남쪽에서 온 기인 편지

---

97 보고지워 : 보고 싶어. 시어의 리듬감을 위해 현대 표기법을 적용하지 않았다.

읽고 읽으면 구슬픈 사연들
'불이나 뜨뜻이 때고 있는지
외따로 너를 혼자 두고
바람에 유리문들이 우는 밤엔 잠이 안온다'

두루마지[98]를 잡은 채
눈물이 피잉 돌았다

---

98 두루마지 : 두루마리(평안 방언).

감사(感謝)⁹⁹

저 푸른 하늘과
태양을 볼 수 있고

대기를 마시며
내가 자유롭게 산보를 할 수 있는 한

나는 충분히 행복하다
이것만으로 나는 신에게 감사할 수 있다

---

99 이 시는 저본인 『현대시인전집』 2에는 빠져있기 때문에 정본 작업을 위해서 첫 단행본인 『창변』
을 근거로 하였다.

아무도 모르게[100]

아–무도 모르게 뉘도 몰래
멀리멀리 가버리고 싶은 날이 있어
메[101]에 올라 낯익은 마을을 굽어보다

빨–간 고추가 타는 듯 널린 지붕이–
짱아[102]를 잡는 아이들의 모습이–
차마 눈에서 안 떨어져

한나절을 혼자 산 위에 앉아 보다

100 이 시는 저본인 『현대시인전집』 2에는 빠져있기 때문에 정본 작업을 위해서 첫 단행본인 『창변』
   을 근거로 하였다.
101 메 : 산을 예스럽게 이르는 말.
102 짱아 : 어린아이의 말로, '잠자리'를 이르는 말.

녹원(鹿苑)[103]

눈보라를 맞으며 공원을 걷는다
눈보라를 맞으며 공원을 걷는다

붉은 산다화(山茶花)[104] 꽃술을 따 들고
서투르게 사슴을 불러본다

사슴과 놀다보니
괜히 슬퍼
사슴을 데리고 사진을 찍다[105]

---

103 녹원(鹿苑) : 사슴을 놓아기르는 뜰.

104 산다화 (山茶花) : 동백꽃.

105 모든 판본에서 이 시행의 뒤에 "나라공원(奈良公園)에서"가 병기되어 있다. '나라'는 일본 나라 현 북단부에 위치한 현청소재지이자 관광 도시로, '나라공원'은 사슴을 방사하는 공원으로 유명 하다.

새해맞이

구름장을 찢고 화살처럼 퍼지는
새 날 빛의 눈부심이여

'설' 상을 차리는 다경(多慶)한 집 뜰 안에도-
나무판자에 불을 지르고 둘러앉은
걸인들의 남루(襤樓) 위에도-
자비로운 빛이여

새해 느는
숱한 기막힌 역사를 삼켰고
위대한 역사를 복중(腹中)에 뺐다

이제
우리 느게
푸른 희망을 건다
아름다운 꿈을 건다

저녁별[106]

그 누가 하늘에 보석을 뿌렸나
작은 보석 큰 보석 곱기도 하다
모닥불 놓고 옥수수 먹으며
하늘의 별을 세던 밤도 있었다

별 하나 나 하나 별 두울 나 두울
논 뜰엔 당옥새[107] 구슬피 울고
강낭수숫대 바람에 설렐 제
은하수 바라보면 잠도 멀어져

물방아 소리– 들은 지 오래–
고향 하늘 별 뜬 밤 그리운 밤
호박꽃 초롱에 반딧불 넣고
이즈음 아이들도 별을 세는지

---

106 이 시는 1941년 9월 『삼천리』에 처음 발표되었다.
107 당옥새 : 당오기, 따오기(황해 방언).

하일산중(夏日山中)[108]

보리 이삭들이 바람에 물결칠 때마다
어느 밭고랑에서 종다리가 포루룽 하늘로 오를 것 같다

논도랑[109]을 건너고 밭머리를 휘돌아
동구릉(東九陵) 가는 길을 물으며 물으며 차츰
산속으로 드는 낮은 그림 속의 선인(仙人)처럼

내가 맑고 한가하다
낮이 기운 산중에서 꿩 소리를 듣는다
다홍댕기를 칠칠 끄는 처녀 같은 맵시의 꿩을 찾다보면 철쭉꽃이
볼그레하게 펴있다

초록물이 뚝뚝 듣는 나무들이 그늘진 곳에 활나물 대나물

---

108 이 시는 1941년 7월 『춘추』에 처음 발표되었는데, 발표된 지면에는 부제로 "散文詩"라고 적혀
있다. 따라서 처음에는 총 1연 9행의 산문시 형식이었는데, 첫 단행본부터 시행을 잘게 구분하
였고 연도 나누었다. 저본으로 삼은 『현대시인전집』 2에는 빠져있기 때문에 정본 작업을 위해
서 첫 단행본인 『창변』을 근거로 하였다.
109 논도랑 : 논두렁. 시어의 리듬감을 위해 현대 표기법을 적용하지 않았다.

미일 때[110]를 보며
─나는 배암이 무서워 칡순을 따 머리에 꽂던 일이며
파아란 가랑잎에 무릇을 받아먹던 일이며
도토리에 콩가루를
발라먹던 산골 얘기를 생각해낸다 ─

어디서 꿩알을 얻을 것 같은 산속
'숙(淑)'은 산나물 꺾는 게 좋고 난 '송충'이가 무섭고─

한 치도 못 되는 벌레에게 다닥뜨릴[111] 때마다
이처럼 질겁을 해 번번이 못난이 짓을 함은

진정 병신성스러우렸다
솔밭을 헤어나 첫째 능에 절하고 들어 잔디 위에 다리를 쉰다

천년 묵은 여우라도 나올 성부른 태고적 조용한 낮
내가 잠깐 현기(眩氣)를 느낀다

『창변』(노천명) 원전비평 및 정본화

이 책은 노천명의 두 번째 시집『창변』에 대한 원전비평 및 정본화 작업의 결과물이다. 1945년 2월 25일 매일신보사출판부에서 첫 단행본이 출판된 이래『창변』은 단독으로 출판되지 않고 노천명 시 전집 혹은 시 선집의 형태로 다른 시집들과 함께 묶어 출판되었다. 이 과정에서 몇 편의 시편이 누락되기도 하고 원전의 표기법이 바뀌기도 하고 시어의 의미가 달라지는 등 다양한 변화가 있었다. 본 연구는 최근까지 출판된『창변』의 판본들을 전부 수합하여 하나하나 비교·대조하면서 맞춤법과 표기상의 오류를 바로잡는 것은 물론, 시어의 의미를 정확하게 정리하고자 하였다. 이 작업의 최종 결과물인 이 책은『창변』의 원형을 복원하여 그것을 토대로 현대적인 정본을 정리한 것이다. 본 정본화 작업 및 원전비평의 과정은 다음과 같다.

1. 저본 선정과 비교 판본

『창변』이라는 이름과 노천명 시 전집, 혹은 시 선집의 형태로 출판된 모든 판본을 수합하고 그중에 저본을 설정하는 작업이 가장 먼저 수행되었다. 그 과정에서 『현대시인선집』2(동지사, 1949)를 저본으로 선정하였다. 이 판본은 노천명 생애 첫 선집이자 마지막 선집으로, 누락된 시들이 있긴 하지만 시인 스스로 주석을 달고 설명할 정도로 시인의 정성과 의도가 적극적으로 개입된 단행본이다. 일반적으로 정본 연구에서 저본 선정의 원칙은 시인의 생애 최후의 판본으로 하는 것이지만 판본 비교 결과 노천명 생애 최후의 판본 역시 이 단행본이기 때문에 저본의 자격을 충분히 갖추었다. 다만, 이 선집에 누락된 시편들은 첫 단행본인 매일신보사출판부 본에 의거하여 작업을 진행하였다. 『창변』의 여러 판본 중에서 가장 최근에 출판된 것이 두 편 있는데, 하나는 『원본 노천명 시집』(깊은샘, 2013.3)이고, 다른 하나는 『창변』(이프리북스, 2013.8)이다. 이 중 『원본 노천명 시집』은 첫 단행본인 『창변』을 그대로 영인하였기 때문에 판본비교의 의미가 없어서 비교 대상에서 제외하였다. 또한 『창변』은 '정본'이라는 이름을 붙이고 있음에도 불구하고 "하눌타리"를 "한울타리"로, "학림사"를 "계림사" 등으로 바꾸는 결정적인 오류들이 대거 발견되었고, 이러한 변화의 근거들을 시집 어디에도 밝혀놓지 않았기 때문에 비교 판본에서 제외하였다. 정본 작업을 위한 비교 판본들은 다음과 같다.

• 기본 판본

노천명, 『현대시인전집』 2(동지사, 1949)

노천명, 『창변』(매일신보사출판부, 1945.2.25)

1) 기준 판본 및 비교 판본

① 원발표문

②『창변』(매일신보사출판부, 1945)

③『현대시인전집』 2(동지사, 1949, 노천명 생애 처음이자 마지막 시 선집)

④『노천명 전집』(천명사, 1960, 노천명 사후 첫 전집, 발행인 : 김광섭, 김활란, 변영로, 이희승)

⑤『노천명 시집』(서문사, 1975, 노천명 사후 첫 시 전집)

⑥『노천명』(김삼주 편, 문학사상사, 1997.5, 연보 · 시 · 연구논문으로 구성)

⑦『노천명 전집』 상(솔, 1997.7)

• 기타 참고한 노천명 전기 및 연구서

『별을 처다보며』(노천명, 희망출판사, 1953)

『우리 노천명—노천명 평전』(정공채, 대가출판사, 1983)

『노천명—노천명 시 전집 / 노천명 평전 / 노천명 연구논집 · 연구자료집』(김삼주 편, 문학세계사, 1997)

『노천명—고독과 자의식 그리고 절제의 미학』(이숭원, 건국대 출판부, 2000)

『노천명 시와 기호학』(동시영, 집문당, 2005)

『노천명 시와 페미니즘』(임명숙, 한국학술정보, 2005)

『원본 노천명 시집』(문혜원 주해, 깊은샘, 2013)

2. 판본 비교 및 대조 과정에서 확인된 각 판본의 특징

『창변』의 정본화 작업 과정에서 주요 비교 판본으로 삼은 각 판본의 특징은 다음과 같다.

② 『창변』(매일신보출판부, 1945)은 노천명의 두 번째 시집이다. 「길」을 포함하여 총 29편의 시가 실려 있는데, 처음 출판 날짜가 1945년 2월 25일로 해방 직전이다. 이에 따라 마지막에 있는 시 「하일산중」 뒤에 「흰 비둘기를 날려라」, 「진혼가」, 「출정하는 동생에게」, 「승리의 날」의 4편의 시가 포함되어 있었다는 것을 목차로 확인할 수 있었다. 그러나 국립도서관 소장본을 비롯한 여러 판본에서는 네 편의 시 전문이 모두 삭제되어 있다.

③ 『현대시인전집』 2(동지사, 1949)은 노천명의 두 시집 『산호림』과 『창변』에 대한 노천명 생애 첫 선집이자 마지막 선집이다. 선집이기 때문에 두 시집의 시들이 모두 포함된 것은 아니지만 시인 스스로 중요한 시의 주석을 달고 있을 만큼 심혈을 기울여 제작하였음을 밝히고 있다. 다음은 노천명이 직접 작성한 선집의 머리말 전문이다.

「自序」

　어려서 病弱했던 나는 밖에 나가 동리 아이들과 휩쓸려 작난을 치기 보다는 많이 방안에 누어 있었다.

　내가 좋아 하는 평리(무과수)를 어머니가 머리 맡에다 따 놓아 두시면 이걸 먹으며 나는 돌아누어서 병풍의 그림들과 온종일 심심치 않게 노는 것이었다.

　그림 속에는 시절을 낚는다는 낚싯대를 든 강 태공도 있고, 임금이 되라는 말을 듣고 귀를 더럽혔다고 청천강에 가 귀를 씻고 다시 소를 몰아 밭을 가는 堯舜때 백성이 있었다. (이 얘기들은 모두가 어머니에게서 들은 것이었지만)

　병풍에서 이런 것들을 보며 어머니가 해주신 얘기들을 색이며 나는 늘 가만히 명상에 잠기군 했다.

　사투리가 제법 거센 西北地方이었으나 서울 태성의 어머니를 갖인 나는 늘 고운 서울 말씨를 들으며 자라는 幸福을 가졌었다.

　그리다가 열살이 못돼서 아버지를 여이고, 그 후 부터 나는 세상이 기쁘기 보다는 처량했다.

　커서 詩를 쓰게된 것은 어찌 된 일인지 알 수 없다.

　세여보니 文壇에 나온지도 어언간 十五년이 넘었다. 그동안 詩集을 몇권 냈다 하지만 하나도 부끄럼 없이 내놓을 것이 못되고 번번이 이번엔 내 투에서 좀 벗어난 것을 써 보겠다고 하나, 지어 놓고 보면 영낙 없이 또 구성지고 어째 그런 것들이다.

　女人이 세상을 혼자 걸어 간다는 일이 또 진정 외롭고 구성진 事實인지도 모른다.

여기 모둔 詩 가운데 1은 一九三六년에 낸「珊瑚林」에서 추린 것들이고 2
는 一九四五년 정월 第二次大戰의 渦中에서 시달리며 내논 第二詩集「窓
邊」에서 뽑은 것들이고, 解放 후에 쓴 것들을 3에다 넣었다.

　1에 있어서 班驪, 사슴, 강냉이 라든지 2에 있어서 길, 男사당, 墓地, 窓邊
等에 대해서는 註釋이라 할까 무엇을 좀 쓰고도 싶었지만 다른 기회로 밀고
여기선 그만 두기로 했다.

一九四九年 初正 安國洞 집에서 천명

특히 이 선집에서는 단행본에서 발표된 시와 제목이 다르거나 연과
행의 구분이 달라지는 경우, 시어의 선택이 다른 경우가 많이 발견되
고 있으며, 노천명의 세 번째 시집이자 생애 최후의 시집인『별을 쳐다
보며』에 몇 편이 재수록된 것을 제외하면 연구 대상 시집에 대한 시인
생애 최후의 선집에 해당하므로 정본화 작업에서 매우 중요한 판본에
해당한다. 따라서 저본은 이 선집으로 삼았으며, 선집에 실리지 못한
시는 첫 단행본인 매일신보사출판부 본을 근거로 삼았다.

　④『노천명 전집』(천명사, 1960)은 김광섭, 김활란, 모윤숙, 변영로,
이희승이 발행인으로 되어 있는 노천명 사후 첫 전집이다. 노천명이
직접 작업에 참여한 동지사 본과는 달리 각 시편 중 어휘나 의미 부분
에서 각주를 처리하여 해설하고 있으며, 편집위원들은 동지사 본을 저
본으로 하고 있다고 밝혔으나 실제 작업의 결과를 비교했을 때 첫 단행
본을 저본으로 삼았다. 이 판본은 실제로 이후 노천명 시의 판본에 결
정적 역할을 하게 되어 일반적으로 확인되는 노천명 시집은 대체로 이

판본의 구성을 따르고 있다. 대강의 목차는 다음과 같다.

목차 : 발간사 / 산호림 / 창변 / 별을 쳐다보며 / 사슴의 노래 / 囹圄에서 / 그 외의 분 / 既刊의 서, 후기 / 약력 / 조시 / 편자의 말 / [주]기 / 색인

⑤『노천명 시집』(서문사, 1975)는 노천명 사후 시만을 모은 시 전집이다. 천명사 본의 시편을 저본으로 하여 작성되어 있어서 각주의 처리 등 거의 대부분이 천명사 본과 일치하고 있다. 유고시「흰 오후」가 실려 있는 것이 특징이다. 목차는 흰 오후 / 서문에 대신해서(이희승) / 산호림 / 창변 / 별을 쳐다보며 / 사슴의 노래 / 영어에서 / 그 외의 분 / 해설로 되어 있다.

⑥『노천명』(김삼주 편, 문학사상사, 1997)은 노천명의 연보와 시, 연구 논문 들을 함께 엮은 책이다. 저본을 무엇으로 삼았는지 밝혀놓지 않았는데, 구성이나 시의 배치상 천명사 본과 서문사 본에 일치하는 부분이 많기 때문에 이 판본 또한 앞의 두 판본을 저본으로 하였음을 확인할 수 있다. 그러나 단행본과 비교했을 때 발생한 차이점들을 각주로 밝히고 있는 앞의 두 판본과는 달리 이 판본에서는 시행과 시어, 구성 등이 달라졌음에도 그 근거를 밝히지 않고 각주도 없다. 정본화 작업을 진행하면서 확인된바, 천명사 본보다는 서문사 본에 더 비중을 두어 작성하되, 표기 부분에서 현대 표기법에 맞도록 처리한 판본으로 파악된다. 이 판본의 목차는 노천명 시 전집(『산호림』, 『창변』, 『별을 쳐다보며』, 『사슴의 노래』, 「영어에서」, 그 밖의 시) / 노천명의 삶과 문학(김삼주) / 노천명 연구논집(허영자, 김재홍, 문정희) / 노천명 연구 자료집(노천명 연

보, 연구자료 목록)으로 되어 있다.

⑦『노천명 전집』상(솔, 1997)은 가장 최근에 발행된 노천명 전집이다. 노천명의 시와 산문 모두를 포함하여 상·하 두 권으로 출판된 책인데, 연구 대상 시집은 '상'권에 해당된다. 여기에 실린 각 시들은 첫 단행본을 저본으로 하였기 때문에 시의 구성이나 시어의 선택이 매일신보사출판부 본을 그대로 따르고 있다. 그러다보니 이 판본에서 페이지가 바뀌어 시행이 나누어진 부분의 경우는 행으로 구분하는 것이 아니라 연으로 구분하여 표기하는 오류가 종종 발견되는 판본이다. 거기에 덧붙여 다른 판본들과의 비교 작업도 진행되어 있는데, 주로 노천명의 세 번째 시집인『별을 쳐다보며』에 재수록된 부분들과 비교하고 있다. 단행본과 비교했을 때 제목이 달라지거나 시행이 달라지는 경우가 발견되는데, 이 판본에서는 그 부분을 각주로 설명하고 있다.『별을 쳐다보며』가 노천명 생애 마지막 시집이기 때문에 재수록된 작품들을 참고하는 일은 반드시 필요한 일이지만, 두 시집의 시가 총 78편인데, 그중 19편만을 선별한 판본에 대한 비교분석은 정본화 작업에 큰 참고가 되지 못한다. 그리고 현대 표기법에 근거해 시어를 고쳤지만 방언과 시인의 자의적 시어 등은 그대로 두어 시어의 의미를 살렸으며, 시어의 해석도 각주로 처리하여 설명하고 있다.

각 판본을 정리하자면, 첫 단행본인 매일신보사출판부 본『창변』과 최근 전집인『노천명 전집』상의 구성이 같으며, 첫 단행본의 구성을 따르되『현대시인전집』2를 참고한 노천명 사후 첫 전집『노천명 전집』과 첫 시 전집인『노천명 시집』, 전집 겸 연구서인『노천명』이 서로 같은 모습을 보이고 있다. 따라서 저본으로 삼은 첫 선집인『현대시인전집』2를 기준으로 하여 첫 단행본인 매일신보사출판부 본을 참고하여 정본 작업을 진행하였다.

3. 원전비평 진행과정

『창변』에 대한 원전비평과 정본화 작업의 목적은 시인이 발표한 시의 호흡과 감성을 훼손하지 않으면서도 현대적 감성에 맞는 정본을 수립하는 것이다. 이에 따라 시인의 의도가 명백한 판본을 저본으로 하여 다른 판본들을 비교하면서 그 변화를 살펴보고 그 사이 발견되는 오류들을 수정하면서 신뢰할 수 있는 정본을 확정하고자 하였다. 정본 확정의 과정은 다음과 같은 작업으로 진행되었다.

1) 판본 대조

각 판본들을 면밀히 대조하면서 그 사이에서 발견되는 차이와 변화들을 정리하였다. 「남사당」의 1연 중 처음 2행을 예로 들면 다음과 같다.

1연 1행

나는 얼굴에 분을 하고

②③ 나는 얼굴에 粉을 하고

④⑤ 나는 얼굴에 분칠을(1) 하고

⑥ 나는 얼굴에 분칠을 하고

⑦ 나는 얼굴에 분을 하고

1연 2행

삼단 같이 머리를 따내리는 사나이

② 삼짠가티 머리를 싸네리는 사나이

③ 삼딴 같이 머리를 따내리는 사나이

④ 삼단 같은 머리를 따라내린(2) 사나이

⑤ 삼단 같은 머리를 땋아내린(2) 사나이

⑥ 삼단 같은 머리를 땋아내린 사나이

⑦ 삼단 같이 머리를 따 내리는 사나이(1)

(1연 1행의 ④, ⑤, 1년 2행의 ④, ⑤, ⑦에 삽입된 번호는 해당 판본의 엮은이가
적어 넣은 각주 번호이다.)

첫 발표지가 밝혀지지 않은 「남사당」의 1연 1행을 보면, 첫 시집과
저본에는 "분(粉)을 하고"로 되어 있는데, 이후의 판본에서는 "분칠을
하고"로 바뀌어 있다. 천명사 본에서 주석을 달아 이 시어가 원래는
"분을 하고"로 되어 있음을 설명하고 있는데, 왜 고쳤는지의 이유는 제
시되지 않았다. 이에 저본에 따라 "분을 하고"로 확정하였다. 또한 2행
에서도 "따내리는"이 천명사 본부터는 "따라내린 / 땋아내린 / 따 내리
는"으로 바뀌었는데, 이 역시 저본에 의거하여 "따내리는"으로 확정하

였다. 이러한 시어의 확정은 물론 시 전체를 구성하는 시행의 변화도 각 판본의 비교와 대조를 통해 그 변화를 추적하였으며, 저본에 따라 정본을 확정하였다.

2) 시어의 의미와 특징 정리

노천명이 식민지 시기 다른 시인들과 변별되는 가장 큰 특징은 여성 시인이라는 점이다. 이에 따라 그의 시에는 여성적 감수성이 투영된 시어들이 많이 발견되는데, 그 시어들의 의미와 특징 들을 정리하였다. 「망향」의 3연을 예로 들면 다음과 같다.

> 둥굴레산에 올라 무릇을 캐고
> 접중화 싱아 뻐꾹채 장구채 범부채 마주재 기룩이
> 도라지 체니 곰방대 곰취 참두릅 개두릅을 뜯는 소녀들은
> 말끝마다 '꽈' 소리를 찾고
> 개암 살을 까며 소년들은
> 금방망이 놓고 간 도깨비 얘길 즐겼다

여기에서 밑줄 친 시어들은 모두 꽃 이름이거나 나물의 재료가 되는 식물 이름으로, 시인이 여성임을 선명하게 보여주는 좋은 예가 된다. 각 시어의 의미는 백과사전과 국어사전을 참고하여 각주로 설명하였다.

3) 시 제목의 확정

노천명의 시 중에는 각 판본별로 제목이 달라지는 시가 있다. 『창변』에는 「망향」/「고향」, 「한정」/「한중」이 해당되는데, 「망향」은 첫 단행본과 저본에서 모두 「망향」으로 적고 있지만 노천명 사후 첫 전집인 천명사 본에서부터 「고향」으로 바뀌었다. 여기서는 첫 단행본과 저본에 근거하여 「망향」을 제목으로 확정하였다. 「한정」/「한중」은 첫 단행본과 저본, 첫 전집 모두 「한정」으로 되어 있는데, 시의 의미를 볼 때 '한중'에 해당하므로 저본과 달리 「한중」으로 확정하였다.

4) 혼동되는 시어와 시 전체의 구성에 대한 확정

노천명의 시는 각 판본에 따라 다른 시어가 사용되기도 하고 연과 행의 구성이 달라지는 모습을 보인다. 여기서는 저본인 동지사 본을 근거로 하여 연과 행의 구성을 확정하였으며, 혼동되고 있는 시어 또한 각 판본의 비교를 통해 하나로 확정하였다.

5) 오류의 수정

「망향」의 3연 5행을 보면, 서문사 본과 문학사상사 본에서는 "소년"이 "소녀"로 바뀌어 있다. 총 7편의 판본에서 두 판본만 "소녀"인 것은 분명한 오식이기 때문에 각주에서 바로잡았다. 「장미」의 1연 5행에서도 천명사 본에서는 "한점 터"로 되어 있는데, 이것은 "한 점 터"의 오식이다. 이 외에, 「춘향」의 2연 3행 "제집"(계집), 「저녁별」의 2연 1행 "나타나"(나 하나) 등의 오식들을 모두 바로잡아 각주에서 설명하였다.

6) 현대 표기법보다 시적 의미와 어감, 호흡을 기준으로

시가 갖는 장르적 특성상 현대 표기법을 적용하였을 때 시어의 의미가 달라지거나 그 감성이 살아나지 못하는 경우가 있다. 특히 여성 시인의 대표 격인 노천명의 경우, 그만이 사용하는 독특한 시어들이 있는데 이것들을 현대 표기법으로 바꾸면 그 의미와 어감이 매우 달라진다. 따라서 다양한 나물의 이름과 식물 이름, 그것의 방언 등은 모두 저본의 표기를 그대로 따르기로 하였다.

4. 정본 확정을 위한 판본 비교의 기준

① 저본 : 노천명 생애 첫 시 선집에 해당하는 1949년 『현대시인전집』 2(동지사)를 저본으로 한다. 따라서 시의 전체적 편제 및 구체적 연과 행의 구분은 모두 이 판본에 따른 것이다. 다만 선집의 성격상 누락된 시들은 첫 단행본을 근거로 하였다.

② 표기 : 정본의 표기법은 현대 표기법을 기준으로 한다. 다만, 사전에 나와 있지 않은 단어나 시인의 독특한 표현, 혹은 시적 어감이 보다 더 효과적이라고 판단되는 경우는 예외로 삼고 각주로 처리한다. 또한 현대 표기법에 어긋나더라도 시어의 음절수는 시의 리듬과 관련된 부분이기 때문에 바꾸지 않으며, 필요한 경우 고어나 방언 역시 그대로 남겨두고 그 내용을 각주에서 설명하였다.

③ 한자 : 시의 모든 한자는 대부분 국어로 바꾸되, 필요한 경우는

괄호 속에 병기한다.

④ 어휘풀이 : 어휘풀이는 각주에서 다루기로 한다. 국어사전을 기본으로 하며, 사전에 없는 단어인 경우는 연구자들의 해석과 참고자료들을 통해 그 의미를 추적하여 적는다.

⑤ 장음의 효과를 지닌 문장부호 '－' : 여기서는 장음의 음운적 효과보다 시 자체의 시각적 효과를 인정하여 그대로 사용하기로 한다.